Ouvrage édité sous la direction
de Martina Wachendorff

LE CHERCHEUR DE TRACES

BIBLIOGRAPHIE FRANÇAISE

KADDISH POUR L'ENFANT QUI NE NAÎTRA PAS, Actes Sud, 1995.
ÊTRE SANS DESTIN, Actes Sud, 1998.
UN AUTRE. CHRONIQUE D'UNE MÉTAMORPHOSE, Actes Sud, 1999.
LE REFUS, Actes Sud, 2001.

Titre original :
A nyomkereső
extrait du recueil *Az angol lobogó*
publié avec l'accord de Rowohlt Taschenbuch Verlag GmbH,
Reinbek bei Hamburg

ISBN 978-2-7427-4355-1

Illustration de couverture :
© Claudio Parmiggiani

IMRE KERTÉSZ

Le Chercheur de traces

récit traduit du hongrois
par Natalia Zaremba-Huzsvai
et Charles Zaremba

ACTES SUD

CHEZ HERMANN

Le maître de maison prénommé Hermann – son nom compliqué importe peu – bavardait sans se douter de rien : il pensait manifestement toujours que son hôte n'était qu'un collègue comme les autres ; tout en fumant sa pipe (accessoire peu commode mais, convenons-en, totalement indispensable dans certaines occasions), ce dernier étudiait son visage en silence. Il n'y trouvait rien de particulier : c'était la figure d'un homme d'âge moyen, rayonnante d'assurance tranquille, ovale, la bouche et le nez étaient corrects, les cheveux, bruns et les yeux, bleus. Pour l'instant, il n'y avait pas moyen de savoir exactement si son bavardage cachait l'hypocrisie habituelle ou simplement une bonhomie puérile : il penchait pour cette dernière hypothèse, bien que la différence entre les deux fût négligeable, pensa-t-il. Il le regarda à nouveau : il croyait donc le plus sérieusement du monde avoir réussi à couper définitivement les ponts derrière lui ? Peu importe : il apprendrait bien vite qu'on ne peut jamais couper les ponts et que lui-même, ne fût-ce qu'en tant que témoin, devrait tôt ou tard faire sa déposition.

Il lui fit grâce d'une minute encore, d'une seule minute de sereine insouciance. Il écoutait son bavardage : il papotait avec la confiance qu'on accorde à un collègue, voire un complice, à propos de son travail, plus précisément des difficultés qu'il y rencontrait et donnait l'impression de crouler sous les soucis qu'elles lui causaient – c'est-à-dire qu'il faisait comme si tout allait bien. Habile, se dit l'hôte, très habile : il ne serait sûrement pas facile à briser. Il examina la situation ; le moment semblait propice : ils étaient assis dans un coin de la pièce, dans des fauteuils de cuir vert et craquant, autour d'une table basse, tandis que leurs épouses, absorbées par leurs lubies féminines, essayaient leurs chaussures respectives. Oui, il était temps pour lui de se mettre au travail.

Il sortit sa pipe de sa bouche et interrompit le maître de maison avec une inimitié froide et préméditée. D'une seule phrase laconique, il l'informa de son identité, de sa mission et du but de l'inspection qu'il devait mener : Hermann pâlit légèrement. Il eut tôt fait de se ressaisir, comme il fallait s'y attendre, d'ailleurs : il dit être quelque peu surpris par cette annonce inattendue, puisque jusqu'alors tout indiquait que son collègue, son hôte, n'était venu dans cette petite ville que pour le colloque qui venait juste de s'achever, si bien qu'il ne savait que dire à brûle-pourpoint, à une heure aussi tardive…

"Et au bout de tant d'années, l'interrompit l'hôte.

— D'accord, je ne le nie pas, répondit Hermann. Mais avant toute chose, je voudrais savoir si j'ai le devoir de répondre à vos questions ?

— Non, répondit l'hôte aussitôt. Vous relevez exclusivement de vos propres lois. Vous devez impérativement le savoir et je suis impardonnable de ne pas vous l'avoir dit tout de suite."

Hermann le remercia, c'était tout ce qu'il voulait savoir, puis il déclara en souriant qu'il était de ce fait prêt à déposer en tant que témoin, spontanément et en toute indépendance, comme son hôte pouvait le constater. Ce dernier en convint avec peut-être moins d'estime que le maître de maison n'en attendait pour sa générosité. A l'évidence, l'hôte semblait croire avec une assurance surprenante que Hermann témoignerait sûrement. Mais l'embarrassant était justement qu'il ne demandait rien : il restait assis tranquillement à suçoter sa pipe et semblait presque s'ennuyer.

Au bout d'une minute, Hermann rompit le silence. Il demanda à son hôte ce qui l'intéressait au juste. Peut-être, insista-t-il comme celui-ci tardait à répondre et semblait réfléchir, désirait-il lui poser des questions personnelles ? Ne fût-ce que pour se faire une idée de ce que lui, Hermann, savait, poursuivit-il avec un léger sourire conciliant anticipant leur entente.

“Eh bien, en tout cas, répondit-il, bien sûr, je vous écouterai avec plaisir ; pour autant, bien sûr, que vous ayez effectivement envie de parler.

— Pourquoi pas ?” dit Hermann en haussant les épaules. Finalement, il n'avait rien à cacher. Il ajouta que, par conséquent, il ne pourrait pas dire grand-chose. Il était indéniable qu'il avait entendu parler de l'incident. Il savait aussi qu'il s'était produit dans les environs. C'était douloureux, le simple fait d'en parler était douloureux. Mais lui-même n'y avait pas prêté beaucoup d'attention. Il ne voulait pas accabler son hôte d'explications – en tout cas, il y avait des raisons à cela ; pour n'en citer qu'une : à cette époque, il était encore dans une certaine mesure un enfant, ce qui n'était certes pas une excuse, seulement une circonstance qui pouvait peut-être servir d'explication. Il avait eu vent de quelque chose, évidemment, il avait entendu parler de certains événements et, malgré les nombreux obstacles ou justement parce qu'il y en avait, il était impossible de ne pas apprendre des choses, même à son corps défendant – qui prétendait le contraire était un faux témoin. Quant aux détails et aux proportions, c'est-à-dire en ce qui concernait l'incident lui-même, il lui avait fallu du temps pour s'en faire une idée précise.

Hermann se tut un instant ; enfoncé dans son fauteuil, il croisa ses doigts sur ses genoux repliés, alors qu'il avait jusque-là accompagné chacune de ses paroles d'un geste explicatif de la main, peut-être pour donner enfin à ses mains un appui ferme, et l'on entendit nettement craquer ses articulations avant qu'il ne reprît la parole.

Il aurait pu faire comme les autres et ne pas s'occuper de l'affaire – qui le lui aurait reproché ? Pourtant, poursuivit-il, quelque chose ne le laissait pas tranquille, le poussait, l'aiguillonnait : la curiosité, mais non, ce n'était pas le mot juste et toute pudeur était déplacée ; était-il dès lors permis de parler de devoir, du devoir atroce de savoir ? Il avait entrepris des recherches fébriles : il voulait des faits, surtout des faits incontestables, pour y voir plus clair. Il avait accumulé des dossiers, réuni des preuves, constitué des archives – il avait matière à présenter à son hôte. Il ne lui restait plus qu'à traiter cette masse de preuves matérielles ; sauf que… Hermann poussa un profond soupir, se renversa dans son fauteuil sans pour autant relâcher ses genoux et ferma les yeux un instant, comme si une forte lumière le gênait.

"Sauf que, poursuivit-il, rien que l'hypothèse nous mène assez loin, beaucoup trop loin même. On s'imagine des choses, forcément. Et bien que ces pensées ne soient pas les nôtres, mais... comment dire... poussés par l'obligation de comprendre, on pense de plus en plus... Vous me comprenez ? En un mot... il y a là quelque chose d'effrayant. Quelque chose s'ébranle en nous... une sorte de protestation intérieure... Un sentiment que je ne saurais nommer à brûle-pourpoint... Je crains de ne pas être assez clair..."

Il se tut à nouveau, jeta à son hôte des regards hésitants et, bien que ce dernier se gardât de l'influencer par quelque remarque que ce fût, Hermann crut déceler un encouragement sur son visage, car il se remit à parler.

"Peut-être, dit-il, le fait que c'est possible. Oui, c'est ça : on suppose l'impossible et soudain on acquiert la conviction que... que c'est possible ; voilà, s'anima-t-il, je crois que j'ai réussi à saisir ce fameux sentiment." Il se pencha en avant, s'approchant de son hôte, ses yeux brillaient d'un éclat singulier, sa voix n'était plus qu'un murmure. "La possibilité, vous comprenez ? Rien que la possibilité. Et ce qui arrive une seule et unique fois à une seule et unique personne a déjà franchi les limites de la possibilité, c'est donc déjà la réalité, le principe de réalité..." Il se tut, regardant droit devant lui, comme effondré, puis il leva à nouveau vers son hôte un regard encore troublé. "Je ne sais pas si vous voyez ce que je veux dire...

— Bien sûr, dit l'hôte en hochant la tête, l'idée est intéressante. Et elle est vraisemblablement juste : de quoi se nourrirait notre angoisse perpétuelle si chacun de nous n'avait pas l'impression de prendre part au mal universel ?

— Oui ! Oui ! Je vois que vous m'avez parfaitement compris ! s'écria Hermann, tendant soudain la main avec enthousiasme vers son hôte puis la retirant, ne trouvant sans doute pas de sens à ce geste exagéré. Je suis ravi de vous avoir rencontré, je suis ravi que vous soyez ici ! Et je dirais même que vous auriez dû venir plus tôt !

— C'était impossible, dit l'hôte.

— Nous aurions dû avoir beaucoup de discussions ! A une époque, je vous ai tant attendu... pour ainsi dire, j'ai attendu votre venue jour après jour !

— Je regrette, mais cela n'a été possible que maintenant, se défendit l'hôte.

— Dommage. A présent, c'est égal, mais dommage quand même." Hermann avait recouvré la maîtrise de ses sentiments, ses paroles s'enchaînaient à nouveau de manière sensée, comme les cubes d'un jeu de construction. Eh oui : porter un tel fardeau, dit-il, et avoir si peu de possibilité d'entreprendre la moindre action résolue et déterminée. Il resta pensif, taraudé par une idée : que pourrait-il faire de plus que ce qu'il faisait de toute manière jour après jour ? Mais à vrai dire, il n'avait pas obtenu beaucoup de résultats. Et puis il avait dû prêter plus d'attention aux autres exigences de la vie : il avait commencé tout en bas de l'échelle, fait des études, fondé une famille – oui, pour arriver là où il était, il avait dû fournir des efforts considérables. Il ne voulait pas qu'il y eût de malentendu et que ses paroles fissent croire à son hôte qu'il avait définitivement renoncé à l'affaire : non, et il allait de soi qu'il souhaitait assumer sans restriction tout service qui lui incomberait eu égard aux conséquences de l'incident, mais naturellement et – il tenait à le souligner – spontanément et en toute indépendance, ainsi qu'il avait accepté de témoigner.

"Qu'avez-vous dit tout à l'heure ? A cause de la part du mal universel qui nous échoit ? Oui, vous devez avoir raison, peut-être pour cela" ; c'est-à-dire, poursuivit Hermann, mû essentiellement par le sentiment du devoir au sens large – et même selon certains, dont par exemple sa femme, trop large – du terme, puisque rien ne le liait directement aux événements, c'était bien clair, il était donc inutile de le répéter. Il termina en disant que ce n'était peut-être pas grand-chose mais que c'était, pour sa part, à peu près tout ce qu'il avait à dire.

"Merci, dit l'hôte, c'était très intéressant. Votre affaire personnelle ne relève effectivement pas de l'enquête, et vous vous rappelez sans doute que j'ai seulement accepté, et nullement demandé, que vous prononciez votre défense ; mais vous en ressentiez certainement le besoin et pourquoi vous aurais-je refusé cette petite faveur ? Néanmoins, je vous remercie, c'était très intéressant", répéta-t-il avec insistance.

Hermann le regarda, stupéfait :

"Ma défense ?… dit-il en fronçant les sourcils. J'espère que vous ne mettez pas en doute mes paroles, ajouta-t-il. Si vous souhaitez voir mes documents…

— Je ne suis pas habilité à le faire, l'interrompit l'hôte. D'ailleurs, les informations que j'ai sur vous correspondent à ce que vous dites. Vous êtes au-dessus de tout soupçon, Hermann."

Ce dernier en fut ravi, vraiment, et il ajouta aussitôt que ce n'était pas pour des raisons personnelles – puisque à ce propos il ne pouvait pas avoir de doute –, mais au sens plus large dont ils avaient parlé précédemment, bref, il était content de ne pas être victime de complots aveugles, d'une certaine partialité, des généralisations hâtives qui étendaient ces opinions des individus aux familles, des familles aux régions puis enfin sur toute la nation, ce qui l'aurait énormément blessé.

"Je comprends, observa l'hôte, je dispose moi-même d'une certaine expérience dans ce domaine. Ces choses sont toujours désagréables."

Effectivement, approuva Hermann, et surtout, on risquait de s'empêtrer dans des démarches interminables, pour peu qu'on ne fût pas indifférent à certains égards et qu'on tînt à garder une réputation irréprochable.

"Cependant, poursuivit-il, il est sans doute inutile, cher collègue, que je vous rappelle le manque chronique de temps qui caractérise notre métier. Et en ce moment, le sort s'acharne sur moi : je suis sur le point d'être promu et je dois prendre mes nouvelles fonctions."

L'hôte l'interrompit pour lui souhaiter bonne chance.

"Merci, dit Hermann pour le rassurer en s'inclinant dans son fauteuil, après quoi il se renversa confortablement et étendit familièrement ses jambes, montrant ainsi ses chaussons. Indépendamment de cela, je reste à votre disposition, naturellement, dans tous les domaines et par tous les moyens, pour autant que mes forces me le permettent."

L'hôte s'empressa de l'assurer qu'il ne désirait en aucune manière abuser ni de son temps ni de sa patience : il ne s'agissait en tout et pour tout que de quelques informations qu'il aimerait lui demander concernant l'inspection des lieux ; en effet, la première sortie était prévue pour le lendemain. Il devrait encore procéder à une autre inspection, sur un site plus éloigné, mais il était d'avis de laisser cela pour l'instant et de se concentrer sur le premier, lequel devait se trouver dans les environs. Donc, il voulait savoir si tout était encore là, entier et intact.

"Bien sûr, répondit Hermann avant d'ajouter : nous y avons veillé."

Voilà qui était bien, dit l'hôte, c'était une chose très importante, si ce n'était la plus importante, vu que l'effacement des traces, qui était l'une manœuvres préférées et les plus dangereuses de l'adversaire, risquait de compromettre les résultats des examens les plus consciencieux, et c'était bien là ce sur quoi comptait l'adversaire, bien sûr.

Hermann regardait devant lui d'un air pensif, comme s'il soupesait les paroles de son hôte :

"Mais dites-moi, demanda-t-il avec étonnement, de quel adversaire parlez-vous au juste ? Je peux vous assurer que dans notre région, pour autant qu'on puisse parler d'un adversaire quelconque... (là, l'hôte éclata de rire), bon d'accord, disons... il n'oserait pas prendre le risque de faire disparaître les traces, et je vous garantis que, si toutefois le temps n'a...

— Le temps est un adversaire très dangereux", coupa-t-il court.

Hermann s'anima : il commença par dire qu'il ne le concevait pas tout à fait ainsi, avec le sourire objectif qui sied aux questions de principes mais qui reflétait clairement son désaccord. L'hôte le fit taire d'un geste de la main, déclarant que, pour l'instant, il ne voyait pas l'utilité de débattre de cette question avec Hermann. Une expression indignée se peignit sur le visage de ce dernier : il était évident qu'ils venaient d'aborder l'une de ses idées préférées et qu'il aurait volontiers exposé l'opinion qu'il s'était faite voire forgée au prix d'un labeur épuisant ; et il trouvait probablement encore moins à son goût la manière dont on lui faisait ravaler ses paroles dans sa propre maison. Il sembla se demander pendant quelques instants s'il ne devait pas rappeler à son hôte les règles fondamentales du savoir-vivre : mais finalement, sans qu'on sache pourquoi, il n'en fit rien. Peut-on expliquer par ce même raisonnement le fait qu'il ramena ses pieds sous lui et se redressa dans son fauteuil, renonçant à son confort au profit d'une posture plus tendue : cela ne s'avéra pas non plus. L'interrogatoire se poursuivit. L'hôte voulut savoir où se trouvaient exactement les lieux. Hermann hésita :

“Mais vous devez le savoir, dit-il d'un ton à la fois embarrassé et s'efforçant d'être diplomate.

— Naturellement, répondit l'hôte, dès lors que j'y serai, je le saurai. C'est l'itinéraire à partir d'ici qui me pose problème et je crois que c'est compréhensible : finalement, je suis un étranger par ici. Serait-ce si compliqué ?

— Au contraire, se hâta de le rassurer Hermann, c'est très simple." L'hôte devait avant tout se rendre dans la ville voisine, située non loin de là, dans la même plaine fertile ; il eut un sourire attendri et remarqua incidemment qu'il espérait que l'inspection ne lui prendrait pas trop de temps et qu'il pourrait visiter les curiosités de la ville en question, vu qu'elles concernaient la culture de notre continent tout entier ; de là, poursuivit-il d'une voix nettement plus sèche et avec sur le visage la même mine maussade que précédemment, ce n'était plus bien loin : six kilomètres, ou huit, tout au plus dix, dans ces eaux-là, il ne le savait pas exactement.

"Ça se comprend, acquiesça l'hôte, puisque, en y allant, vous deviez certainement être préoccupé par autre chose que de compter les kilomètres."

Il y eut une minute de silence, on pourrait presque dire de silence gênant. Hermann dit alors que pour être tout à fait sincère il ne s'était à vrai dire jamais rendu personnellement sur place. L'hôte lui demanda bien sûr de bien vouloir dans ce cas excuser sa remarque déplacée.

Hermann protesta qu'il n'en était pas question, il sentait plutôt que, dans une certaine mesure, c'était à lui de demander pardon ; eh bien, s'il en était vraiment ainsi, dit l'hôte, on ne pouvait en aucun cas accuser Hermann d'être inconséquent, tout au plus de manquer de mémoire ; ce dernier reconnut que les apparences ne témoignaient pas en sa faveur, la vérité était néanmoins différente, à savoir qu'il avait plusieurs fois prévu d'effectuer cette visite, mais que chaque fois il avait dû l'ajourner, soit pour des raisons familiales, soit pour des obligations professionnelles, c'est-à-dire pour des causes indépendantes de sa volonté. Il espérait que son collègue comprendrait qu'en ayant la charge d'une famille et d'un poste à responsabilité un homme de leur espèce ne disposait pas toujours de son temps en maître absolu. Bien sûr, l'hôte le comprenait parfaitement, puisque nous sommes tous logés à la même enseigne : nos obligations secondaires nous poussent à négliger les véritables, souvent tout au long de la vie, et ensuite nous sommes bien embarrassés quand nous nous demandons ce que nous avons accompli en réalité.

"Le thème est inépuisable, poursuivit-il, mais je crains d'avoir déjà abusé de votre hospitalité. En tout cas, je vous remercie pour vos précieux renseignements : c'était intéressant, très intéressant", ajouta-t-il en se levant. Hermann bondit de son fauteuil, visiblement agité :

“Un instant, dit-il, vous ne pouvez pas partir comme ça ! Mais arrêtez-vous... Que cherchez-vous, pour l'amour du ciel ?

— Mon parapluie, dit l'hôte qui effectivement s'était mis à tourner en rond dans la pièce, à fouiller du regard les coins et même derrière les meubles, car il se souvenait avoir laissé quelque part son parapluie (quand ils étaient sortis de l'hôtel, le temps était à l'orage, le ciel était bas et lourd), vous ne l'avez pas vu ?

— Non”, dit Hermann d'un ton contrarié, s'efforçant de le suivre à la trace, si bien qu'ils faillirent se cogner au moment où l'hôte s'arrêta brusquement pour repartir dans l'autre sens ; heureusement, leurs épouses n'assistèrent pas à cette traque ridicule : dans l'intervalle, en ayant terminé avec les chaussures, elles étaient passées dans une autre pièce et le babillage qui en filtrait permettait de supposer qu'elles faisaient des câlins au bébé de Hermann qu'elles avaient dû de cette façon tirer du sommeil, vu qu'il éclata en sanglots : il avait visiblement mal compris la situation. “Mais nous n'avons pris aucune décision, insista Hermann. Par exemple, comment est-ce que vous allez vous y rendre ?

— En train ou en autocar, dit l'hôte qui regardait toujours vainement autour de lui. On m'a dit que la liaison était bonne et les moyens de transport, rapides et confortables."

C'était vrai, c'était parfaitement vrai, confirma Hermann qui constatait que son hôte était quand même mieux informé sur les transports locaux qu'il ne le laissait paraître ; il craignait seulement qu'avec ces grosses chaleurs le périple ne fût trop éprouvant.

L'hôte éclata de son rire inquiétant, sombre et bref ; mais il finit par se tourner vers Hermann et l'assura avoir déjà fait ce voyage dans des conditions beaucoup plus difficiles ; Hermann lui demanda alors s'il voulait dire par là qu'il avait déjà effectué ce déplacement ; oui, précisément, répondit l'invité visiblement un peu agacé, mais ce n'était pas le sujet ; comment donc, protesta Hermann qui venait de comprendre que son hôte était concerné personnellement par ce qu'ils s'efforçaient d'éclaircir dans l'abstrait, au niveau des principes, pour ainsi dire ; l'hôte se hâta de souligner que cela ne changeait rien aux principes ; naturellement, reconnut Hermann, mais, en prenant tout cela en considération, il voyait que la question qu'il avait posée précédemment à son hôte devenait encore plus pertinente, à savoir s'il ne craignait pas que ce voyage ne fût une trop grande épreuve ; nullement, répondit l'hôte, la seule chose qu'il craignait était que même la peur ne fût pas une impression assez marquante, et, eu égard à l'efficacité du travail du lendemain, il trouvait carrément souhaitable de ne pas rechercher les facilités mais, au contraire, les conditions les plus fatigantes possibles, allant jusqu'à l'épuisement, et c'était ce qu'il ferait s'il ne lui fallait tenir compte de son épouse.

"Justement, justement ! s'écria Hermann, le prenant au mot. Mais on ne peut pas discuter comme ça… Rasseyez-vous, enfin !"

Il le dirigea rapidement vers les fauteuils, ils s'assirent. Hermann se mit à feuilleter un agenda en cuir.

"Voyons voir ; demain, donc. Hum. Demain, j'ai en principe un rapport à faire à la direction…" commença-t-il ; l'hôte donna l'impression de vouloir se relever ; Hermann fut obligé de poursuivre aussitôt, avec précipitation : "En même temps, si je téléphone assez tôt le matin… J'ai d'assez bonnes relations avec mon directeur… Bref, je vous amènerai volontiers en voiture, si vous le souhaitez."

Se renversant plus confortablement dans son fauteuil et croisant les jambes, l'hôte sourit.

"Vous êtes habile, Hermann, très habile, dit-il en hochant la tête. «Si vous le souhaitez…» Hum, pourrais-je dire comme vous-même tout à l'heure. Eh bien, Hermann, à question directe, réponse directe : non, je ne le souhaite pas.

— Si je comprends bien, demanda Hermann, vous rejetez ma proposition ?

— Je n'ai pas dit cela, répondit l'hôte. Il se peut que j'accepte que vous m'accompagniez, il se peut que je me résigne à ce que vous m'ameniez, puisque votre proposition est dans l'air depuis quelques minutes ; si vous me permettez, je dirais que je la sentais mûrir en vous pendant que vous aviez l'amabilité de m'aider à chercher mon parapluie, oui, toute la logique de notre conversation convergeait vers cette proposition pour enfin y aboutir et, je ne le nie pas, j'en suis moi-même un petit peu responsable. En revanche, en ce qui concerne les souhaits : je puis vous assurer que ce n'est nullement le mien, et encore moins le vôtre, je présume, du moins en tenant compte de tous ceux qui ont été omis jusqu'à présent, non, ne protestez pas, car je ne vous reproche rien. Je considère qu'il est nécessaire de mentionner tout cela uniquement pour mettre de l'ordre… pour ainsi dire : faire une coupe claire dans l'enchevêtrement des souhaits afin que nos affaires ne s'emmêlent pas ; tout comme vous, je tiens à mon indépendance."

Hermann semblait embarrassé.

"Alors, demanda-t-il, qu'est-ce que vous décidez finalement ?"

L'hôte hocha la tête.

"Vous vous empêtrez dans d'étranges contradictions, Hermann. Vous commencez par l'indépendance, vous poursuivez avec mes souhaits et maintenant, au train où ça va, vous voilà prêt à vous soumettre à ma décision. Mais que voulez-vous au juste ? Un ordre ? Ou peut-être une dispense ?... Allons, Hermann, à quoi bon jouer à cache-cache, ces atermoiements sont-ils dignes de deux adultes ?! Comme si vous ne saviez pas que vous devez venir de toute façon ; ou peut-être ne le saviez-vous pas ?"

Hermann baissa la tête ; un bref silence s'installa.

"Si, je le sais", répondit-il enfin et l'hôte décela pour la première fois dans le regard au reflet de porcelaine qu'il leva à nouveau vers lui une lueur étrangère d'inimitié encore un peu timide mais déjà manifeste. Et à croire que, loin de le blesser, cela l'avait mis de bonne humeur, il éclata de rire, pas comme précédemment, mais avec plus de douceur, presque avec sympathie.

"Moi, dit-il, vous ne pouvez rien me reprocher. Le sentiment du devoir au sens large est un piège que vous vous êtes tendu à vous-même ; je peux tout au plus vous aider à tomber dedans.

— Vous êtes vraiment de mauvaise foi, marmonna Hermann, je n'ai rien fait pour mériter ça."

L'hôte se défendit : dans sa mission, dit-il, la mauvaise foi était pour ainsi dire un devoir et, naturellement, il n'était mû que par la volonté de dissiper tout malentendu et non celle d'offenser le maître de maison.

“Eh bien, dit-il ensuite, c'est d'accord ; je vais vous accorder cette petite faveur : vous pouvez m'amener. Non, ne me remerciez pas, ou bien vouliez-vous dire autre chose ? Rien ? C'est aussi bien. Il est peut-être inutile d'attirer votre attention sur le fait que nous aurons probablement une rude journée. Durant l'inspection, je devrai vous montrer une ou deux choses, c'est inévitable, et puis l'odeur… donc, il y a une puanteur terrible par là-bas, j'espère que nous la sentirons. En tout cas, je vous conseille de ne pas prendre de petit-déjeuner.”

Ils convinrent que Hermann viendrait les chercher le lendemain à neuf heures à l'hôtel. Hermann demanda s'il avait bien compris que l'épouse de son hôte viendrait avec eux. Celui-ci répondit laconiquement par l'affirmative ; sur le visage de Hermann où étaient apparus brusquement des plis de fatigue, qui s'était allongé, semblant effectivement fondre dans la chaleur étouffante de la pièce éclairée par un lustre, ce rebondissement sembla faire passer un soupçon fugace de soulagement, pareil à un rayon d'espoir : c'était désagréable. Mais ils ne purent poursuivre leur conversation, car les dames revenaient ; l'épouse de Hermann, une grande femme blonde avec des gouttes de sueur qui perlaient sur sa poitrine blanche et opulente portait dans les bras son bébé qu'elle venait à l'évidence de sortir de son lit, sans doute pour atténuer l'exaspération qu'il avait exprimée par ses cris déchirants et peut-être aussi dans le vague but, caractéristique de certaines femmes, de ne pas laisser sombrer dans l'oubli l'image éternelle de la mère à l'enfant, semblant par cette personnification rappeler aux hommes leur tendre devoir ; quant au nourrisson, il avait l'air moins solennel, mais plutôt distrait et de mauvaise humeur ; il fut d'ailleurs vite remis au lit, les hôtes prirent congé (ils avaient fini par retrouver le parapluie dans l'entrée) ; ils refusèrent l'aimable proposition de Hermann de les ramener en voiture : ils voulaient, disaient-ils, se promener.

Dehors, le ciel avait changé : c'était une nuit claire d'été ; le lendemain s'annonçait beau. Durant le court trajet qui les séparait de leur hôtel, il communiqua à sa femme son projet d'excursion ; il dit quelques mots à propos de la ville, une ancienne capitale princière comportant de nombreuses curiosités, et il lui fit comprendre qu'il serait dommage de ne pas l'inclure dans leur voyage. Elle tressaillit légèrement – il le sentit au bras qu'il tenait dans le sien : ses yeux, miroirs d'habitude amènes, se remplirent d'une interrogation anxieuse.

“Ce n’est pas pour ça que tu veux y aller, dit-elle.

— Non, répondit-il. J’ai une petite affaire à régler dans le coin.

— La conférence, les vacances, tout ce voyage : ce n’était qu’un prétexte pour aller là-bas.

— Peut-être, admit-il. Il faut bien que je termine mon travail un jour, ajouta-t-il d’un ton peut-être plus impatient qu’il ne l’aurait voulu.

— Tu parles de travail, mais il est question d’autre chose, dit-elle.

— Allons, protesta-t-il. A quoi tu penses ?

— Je ne sais pas. J’ai peur”, répondit-elle et il se hâta de la rassurer : elle n’avait pas de souci à se faire, l’entreprise n’était pas risquée, elle ne demandait pas beaucoup de temps et ne contrarierait absolument pas leur voyage. Elle ne répondit pas : il se demanda quelles étaient la nature et l’étendue de ses soupçons.

“Quand est-ce que nous partons à la mer ? demanda-t-elle plus tard.

— Dans trois jours”, répondit-il. Oui, la femme était un adversaire tenace et dangereux : son pouvoir était grand et elle allait probablement s’en servir pour atténuer ce qu’elle devait souffrir, c’est-à-dire vivre – de ce point de vue, ce sournois de Hermann avait vu clair dans son jeu. Il ne craignait pas la lutte, mais l’idée de devoir s’opposer à sa femme, la pensée qu’ils seraient tous les deux obligés de ruser s'il ne parvenait pas à peser sur sa résolution le remplirent d'une tristesse indicible. Ils entendirent une musique assourdie par des rideaux, et une entrée éclairée apparut à leurs yeux : ils étaient arrivés à l'hôtel.

TOURNANT. LES PREMIÈRES TRACES. CONVERSATION SUR LA PLACE

Le lendemain, alors que l'envoyé et sa femme étaient encore en train de prendre leur copieux petit-déjeuner dans le restaurant de l'hôtel, un serveur en veste blanche se glissa jusqu'à leur table et les avisa que le monsieur était demandé au téléphone.

"Excuse-moi un instant", dit-il à son épouse en reposant couteau et fourchette sur son assiette. Il traversa la salle – le téléphone se trouvait dans le hall –, et entra directement dans la cabine que le portier lui avait montrée d'un geste ample de la main.

"Allô, Hermann ? dit-il dès qu'il eut pris le combiné.

— Oui, fit à l'autre bout du fil une voix stupéfaite. Comment avez-vous deviné ?…

— Quoi ?

— Que c'était moi…

— J'attendais votre appel, dit l'envoyé. D'ailleurs, vous auriez dû vous manifester plus tôt.

— Mais enfin, s'étonna la voix de Hermann, qu'est-ce qui vous a fait penser que j'appellerais ? Ce n'est pas ce dont nous étions convenus…

— Il y a, dit l'envoyé, un empêchement de dernière minute, si je ne m'abuse ?

— Eh bien, fit la voix lointaine, oui. Le bébé…

— Le bébé ?!…

— Oui. Le bébé… il est malade."

L'envoyé se mordit la lèvre. Le plus banal, le plus naturel des prétextes ; on en rougirait, pensa-t-il.

"C'est regrettable, dit-il au téléphone. Si vous m'aviez prévenu dix minutes plus tôt, ajouta-t-il, nous aurions pu espérer attraper le train du matin.

— Il est hors de question que vous preniez le train", protesta Hermann ; en fait, il téléphonait juste pour demander à l'envoyé si, compte tenu des circonstances, il ne voyait pas de mal à retarder son départ d'une demi-heure.

"Comment ça ? fit l'envoyé perplexe. Alors vous venez quand même ?

— Bien sûr, répondit Hermann. C'est-à-dire… Je vais tout vous expliquer." Ils se mirent d'accord et quand l'envoyé eut regagné sa place l'étonnement ne s'était toujours pas estompé sur son visage.

Une demi-heure plus tard, ils sortirent à l'air libre par la porte va-et-vient vitrée de l'hôtel. Du haut du ciel pur de l'été, un soleil radieux jetait sur toute chose son éclat dur – c'était le temps qui convenait, vraiment : il fallait espérer que la forte chaleur attendue pour midi n'affecterait pas trop l'efficacité de l'inspection, bien que là-haut, en altitude, on pût s'attendre – si toutefois certaines observations très anciennes restaient valables – à une brise rafraîchissante. Et comme s'il sentait déjà la caresse de l'air frais sur sa peau – ou bien à cause de cette simple idée, de son impatience ? – il fut parcouru par un léger frisson. Sa femme le regarda :

"Tu as froid ?

— Si j'ai froid ?! s'esclaffa-t-il, éberlué. Par cette chaleur ?" Mais cette question était un avertissement : il devait faire plus attention, chacun de ses gestes était surveillé.

Un pare-brise scintilla : c'était Hermann. Ils échangèrent de brèves salutations, Hermann leur ouvrit les portières ; il se pencha en arrière et, manifestement pour faire de la place, poussa de côté le ballot blanc qui se trouvait sur la banquette et qu'on pouvait prendre à première vue pour un paquet quelconque, sauf qu'il produisait des sons, à la fois plaintifs et impérieux, des sons inarticulés témoignant d'une mauvaise humeur impatiente.

"Qu'est-ce que c'est ? demanda l'envoyé effrayé en reculant.

— Le bébé", répondit Hermann.

L'émissaire ne posa plus de questions ; il s'installa à côté de Hermann, sur le siège avant ; sa femme monta à l'arrière, à côté de l'enfant ; Hermann démarra aussitôt comme s'il était très pressé ; les yeux fixés sur la chaussée, il était constamment occupé à contrôler le volant et le levier de vitesse, ne laissant voir que son profil droit – il faut reconnaître que parfois cela vaut une bonne pipe – lequel était pâle, défait et en même temps impénétrable, dur comme du métal. Ils passèrent quelques virage serrés, et déjà ils fonçaient sur la nationale ; Hermann se mit à parler.

C'était arrivé d'un coup, disait-il, comme toujours avec les petits enfants, juste après que les hôtes furent partis. Une minute avant, il n'y avait aucun symptôme de maladie, l'enfant avait l'air aussi calme et paisible que d'habitude. Sa femme et lui avaient remis un peu d'ordre et pris le temps de boire un dernier verre, d'échanger quelques mots dans l'intimité. Ils avaient l'habitude de jeter un coup d'œil au bébé avant de se coucher, de se pencher au-dessus de son lit et d'aller dormir après l'avoir vu : ils avaient fait de même la veille. Ils avaient admiré en silence le poupon assoupi, s'abîmant avec insouciance dans la contemplation de cette image du bonheur. Mais quelque chose ne leur paraissait pas tout à fait normal ; l'enfant s'agitait et ils se demandaient de quoi il avait peur pour cacher ainsi son visage. Ils avaient pensé qu'il s'agissait de la lumière et étaient allés l'éteindre. Mais, soudain, le bébé avait ouvert les yeux et des cris de douleur avaient jailli de sa petite gorge. Ils s'étaient penchés vers lui et avaient essayé de le calmer avec des mots doux, des baisers, des caresses apaisantes – mais ils avaient retiré avec effroi leurs mains et leurs lèvres, sentant que le petit corps était brûlant de fièvre. Ils avaient couru chercher le thermomètre : trente-neuf ! Ils avaient aussitôt appelé le médecin, oui, le "boucaca" (Hermann expliqua avec un sourire que le mot de "docteur" avait pris cette forme particulière dans le vocabulaire de l'enfant) et celui-ci avait diagnostiqué une infection, aiguë, il avait néanmoins bon espoir qu'il n'y aurait pas de complications.

Il se tut et, comme la route devant eux était libre à ce moment-là, il jeta par-dessus son épaule un coup d'œil inquiet vers l'arrière. Cependant, il n'avait aucune raison de s'en faire : l'intérêt de l'enfant commençait petit à petit à se porter sur l'être inconnu assis à côté de lui ; ses sanglots cédèrent la place à quelques soupirs puis à un silence ébahi pour se transformer en un babillage de plus en plus vif et éloquent, il se mit à jouer avec les ongles pourpres et les médailles brillantes qui se balançaient sur le collier de la dame qui se penchait au-dessus de lui et avec les boutons captivants de sa robe.

“Eh bien alors, dit l’envoyé dans un sourire, le petit voyou ; il a peut-être seulement joué un tour à ses parents avec sa fièvre, hier soir.

— Non, non”, protesta Hermann : ce n’était qu’une amélioration passagère, l’effet de la piqûre contre la fièvre. La guérison totale nécessitait encore plusieurs jours de soins affectueux. Et donc l’enfant allait à la campagne, chez sa grand-mère, il pourrait sortir dans le jardin, au grand air.

“Nous vous obligeons peut-être à faire un détour”, s’inquiéta l’envoyé.

Pas de problème, le rassura Hermann : la ville où ils devaient se rendre n’était certes pas sur son chemin, mais il ferait volontiers ce petit détour pour eux. De là, ils pourraient aisément arriver à destination avec l’un des autocars dont ils avaient parlé la veille – quant à lui, il reprendrait vite la route pour que l’enfant se retrouvât au plus tôt au lit, en sécurité.

“Nous vous causons tellement de soucis, regretta l’envoyé, comme si vous n’en aviez pas assez sans nous !” Il ajouta qu’il n’avait rien pour sa défense, il pouvait tout au plus rappeler que c’était Hermann qui, la veille, avait proposé de l’accompagner, avait insisté et l’avait même en quelque sorte forcé.

Hermann haussa les épaules, leva la main d'un geste impuissant puis la reposa rapidement sur le volant.

"J'étais plein de bonne volonté, dit-il ; ce n'est pas ma faute si les choses sont allées autrement, vous le voyez bien vous-même.

— Bien sûr, concéda l'émissaire, votre alibi est parfait, comme toujours, Hermann."

Le silence s'installa, Hermann regardait fixement la route ; avec ses cheveux qui flottaient dans le vent contraire autour de son visage bombé, il ressemblait à un bouclier ailé. Il accéléra pour dépasser un tracteur qui se traînait devant eux, freina brusquement à cause d'un camion qui déboulait grossièrement en face, changea de vitesse, tourna le volant et quand il eut redressé la voiture, les yeux plissés, il murmura comme s'il n'avait pas encore décidé s'il voulait qu'on l'entendît ou non :

"Vous n'êtes pas humain. Non. Vous n'êtes pas humain."

La route était désormais dégagée et la voiture fendait l'air sans secousses. L'envoyé semblait pensif.

"D'un certain point de vue, vous avez indubitablement raison, Hermann", reconnut-il.

A son tour, Hermann garda le silence. Mais son visage frémissait ; de légers spasmes irréguliers et à peine visibles perturbaient son immobilité, reflétant sans doute un conflit intérieur.

"Pardonnez-moi, finit-il par dire d'une voix hésitante, je suis énervé. J'ai peur de… En un mot, je ne voulais pas vous blesser."

L'envoyé leva la tête : comment ? S'imaginait-on peut-être qu'il voulait s'excuser ? Il chercha une réplique tranchante, une mise au point incisive ; mais il ravala les mots qu'il venait de trouver, puisque, à vrai dire, il avait déjà obtenu ce qu'il voulait – mais que voulait-il au juste ? Se venger ? Ou bien trouver un compagnon d'infortune ? – à ce moment, alors qu'ils approchaient du but, cela lui parut tellement dérisoire. Poursuivant leur route en silence, ils percevaient seulement une vive agitation à l'arrière. Après ses premiers mouvements euphoriques, l'enfant avait concentré ses efforts sur un but précis : il essayait opiniâtrement, par des assauts répétés, de s'emparer à tout prix des yeux de la dame (peut-être était-il attiré par ces objets brillants entourés d'un trait de crayon noir qui en soulignait l'éclat), pour les saisir et jouer avec eux ; cela donnait naissance à des scènes cocasses – les femmes et les enfants finissent toujours par s'entendre.

Il alluma une cigarette au parfum amer, de marque renommée (ce n'était pas le moment d'allumer sa pipe qu'il n'avait d'ailleurs pas apportée) et, renversé confortablement dans son siège, il focalisa toute son attention sur la route. Roulaient-ils sur cette route ancienne, bordée de célèbres pruniers qui avaient porté leurs fruits non seulement au sens propre, mais aussi dans la littérature ? Quoi qu'il en fût, c'était là une autre histoire ; le poète tant de fois maudit et excommunié qui avait cueilli des prunes fraîches et juteuses sur ces arbres, comme il le relate dans son œuvre sur l'école romantique, était mort depuis plus d'un siècle, ce qui accroissait d'autant l'âge de ces arbres demeurés intacts depuis lors. Derrière ceux-ci, le paysage était ingénieusement agencé, et, en le regardant, on était émerveillé par la sérénité trompeuse des paisibles potagers et des champs blonds de blé. Ils passèrent devant une auberge pittoresque, dans la cour ombragée, deux paysans en bottes et en tablier bleu buvaient quelque chose, sûrement de la bière à en juger par la forme de leurs chopes ; et soudain surgit une forêt d'arbres majestueux au tronc moussu. La terre était encore jonchée des feuilles mortes de l'année précédente, pourriture humide de l'humus, au fin fond tremblaient des faisceaux de lumière, des ombres fantastiques, des voiles de fées, des formes singulières flottaient là où les rayons du soleil matinal n'étaient pas encore parvenus à dissiper complètement la brume. La circulation était modérée, ils devaient souvent contourner des paysans à vélo : la plupart des femmes avaient noué leurs cheveux filasse en un chignon serré fixé sur la nuque et, quand la voiture passait à leur hauteur, elles retenaient soigneusement leur jupe. Non, il n'y avait rien de particulier : ce n'était qu'une route ancienne, certes précieuse du point de vue spirituel mais destinée en premier lieu à un usage pratique, qui vivait sa vie quotidienne, innocente à tout point de vue – elle était parfaite, concédait l'envoyé, absolument parfaite.

Un panneau surgit au bord de la route. Hermann ralentit, sur son visage rasséréné seule une ombre de méfiance rappelait l'intermède précédent.

"La ville", dit-il et il aurait été vain de chercher à élucider ce qu'il voulait faire croire avec son sourire.

Mais au fait, était-ce la ville, vraiment ? Ils dépassèrent des maisons, d'abord isolées puis de plus en plus groupées, pour se retrouver enfin dans des rues régulières. L'émissaire balayait de son regard scrutateur tout ce qui se présentait, la chaussée, les trottoirs, les immeubles, les gens : oui, c'était la même organisation, la même perfection, la même densité impénétrable de matière bien ordonnée que sur la nationale – il lui serait en effet difficile d'amasser des preuves. Il ne pouvait accuser personne ; ils avaient sans aucun doute agi avec loyauté et n'avaient rien déplacé, au fond ; tout était là, les recoins inattendus, les ruelles étroites et les passages surprenants, les places pavées, petites ou grandes, avec au milieu une statue, une fontaine ou un chef-d'œuvre idéal alliant harmonieusement les deux, les rampes et les portes cochères à piliers, les antiques frontons triangulaires, les balcons, les terrasses et les appuis de fenêtres proéminents, clamant de façon intemporelle et éternelle l'invulnérabilité des œuvres de l'Esprit et de la Beauté – oui, tout était parfait comme une illusion d'optique : nulle fissure, nulle marge pour un quelconque reproche ; tout s'affichait et pourtant tout résistait, tout était à sa place et pourtant tout était faux et déplacé.

Il entendit Hermann lui poser une question ; ce dernier devait lui parler depuis un moment : il voulait savoir s'il était satisfait.

“Ça peut aller”, répondit-il. Il ne fallait pas que Hermann s'aperçût de quelque chose ; le regard fureteur de l'envoyé s'apprêtait à exprimer un triomphe impudique : il venait de comprendre – et quelle découverte douloureuse c'était là ! – pourquoi Hermann n'avait accepté de venir avec lui que jusqu'à la ville, et pas plus loin.

“Bien sûr, il y a eu quelques changements, dit Hermann dans un sourire.

— Je vois”, répondit-il et s'il ne dominait pas ses sentiments, du moins maîtrisait-il sa voix. Si Hermann voulait assister à sa défaite, il avait incontestablement bien choisi le terrain ; là, il le tenait, c'était lui qui posait les conditions. Il roulait aussi vite que le permettait la circulation, ne laissant aucun instant, aucun point d'appui aux yeux qui cherchaient des traces – situation pénible, et il ne pouvait rien faire contre cela s'il ne voulait pas se trahir et se livrer définitivement à sa merci. Par chance, à un croisement le feu était au rouge ; l'envoyé se pencha en avant, trouvant l'intersection douteuse ; mais le feu passa au vert, la voiture démarra aussitôt : à cause de l'accélération, sa tête fut rejetée vers l'arrière puis revint vers l'avant si bien qu'il faillit se cogner le front contre le pare-brise.

"Attention ! s'écria Hermann, effrayé.

— Ce n'est rien", le rassura-t-il alors qu'il tressaillait intérieurement. Certes, la ville n'était pas si importante ; en fin de compte, le combat décisif se déroulerait ailleurs ; c'était là un argument suffisant mais une piètre consolation : en principe, l'inspection commençait dans cette ville et si dès l'abord il n'arrivait à rien à quoi devait-il s'attendre par la suite ? Son regard errait désormais sans ordre à droite et à gauche, vagabondait vers le haut et vers le bas, divaguait en spirales devant la voiture : en vain, l'évidence attendue tardait à se manifester tandis que la voiture avançait, et le passager perdait irrémédiablement de précieuses minutes.

Il se renversa sur son siège : visiblement, il devait renoncer. Aveuglés par l'effort, ses yeux le piquaient ; calé contre l'appuie-tête, il les ferma pour les reposer, puis il les rouvrit, simplement, sans penser à rien, parce qu'il s'était aussitôt senti un peu délassé et il se redressa, étonné : alors qu'il n'attendait plus rien, voici que d'un coup la ville se mettait à parler. Que s'était-il passé ? – sur le coup, l'envoyé s'en rendait à peine compte. L'erreur résidait dans sa méthode, c'était évident, dans la méthode qu'il avait jusqu'alors suivie avec opiniâtreté et rigueur, avec un entêtement inflexible, croyant qu'elle le mènerait au but : il n'avait observé que des angles, des tronçons et des croisements de rues, il avait voulu composer un ensemble défini à partir d'éléments indéfinis, un tout consistant à partir de détails fugaces – la faillite était inéluctable. Il n'avait pas été attiré dans un piège : il s'y était précipité lui-même et nul n'aurait pu l'induire en erreur s'il ne s'était trompé lui-même ; car il aurait dû s'attendre et donc se préparer à ce que les détails fussent dissimulés sous le masque ricanant du sortilège de l'intemporalité et de ce présent fugace, de cet instant quotidien, et son regard avait patiné, impuissant, sur cette surface poisseuse. Mais alors qu'il avait perdu tout espoir, qu'il promenait son regard découragé, sans but et pour ainsi dire distraitement, à la hauteur des derniers étages des maisons, à ce moment-là, uniquement grâce à l'angle d'un rayon de lumière et à la dominance d'une couleur – une couleur qu'on avait oublié de changer ou qu'on n'avait pas pu changer –, il atteignit soudain son but. Quelle couleur était-ce ? Elle émanait si uniformément de tous les immeubles, elle était si omniprésente, si ferme et évidente que l'envoyé ne put s'empêcher de penser à son nom : jaune. Mais pouvait-il en dire quelque chose : cette série de sons conventionnelle, cet adjectif vide et abstrait pouvaient-ils désigner cette révélation à la fois explosive, insaisissable et fugitive ? Immobile et fasciné, l'envoyé la regardait – ou plutôt non, il l'inhalait comme un parfum évanescent, la cernait avec tous ses sens et la capturait avec prudence mais fermeté, pour l'enlever et en prendre possession. Pas de doute, cette couleur, dans cette lumière particulière, cette couleur aussi était intemporelle, seul un instant quotidien l'avait rendue saisissable, un instant toutefois fondamentalement différent, qu'il avait néanmoins pu retrouver dans la pression impitoyable de ce présent trompeur, mais dont aucune carte géographique, aucun inventaire, si précis et exhaustif fût-il, ne pouvait apporter la preuve. Ce qu'il s'était efforcé d'écarter de son travail méthodique était justement ce qui lui avait porté chance : le hasard, cet élément inévitable que pourtant aucune investigation ne prenait jamais en compte. Il n'avait donc pas besoin d'un froid recensement, mais de faits inattendus ; il avait toujours cherché ce qu'on lui cachait au lieu de saisir le visible ; consciemment ou non, il avait toujours traqué ce à quoi il n'avait jamais prêté attention : ce jaune, cette découverte violente et bouleversante ; et cette découverte qui était le fruit de l'instant présent donna naissance à cet autre instant qu'il avait pourchassé jusqu'alors sans succès, à savoir cet instant caché, conservé pour lui et ne pouvant exister que par lui ; et voilà, tout était incontestable, prouvé et douloureusement certain.

Oui, cet éclat particulier du ciel et ce fameux jaune impérial. Soudain, tout ce qui jusqu'alors avait tenu fermement s'effondrait dans cette lumière et dans cette couleur impitoyable ; les murs solides s'amollissaient comme des éponges ; toute résistance cédait. La ville devenait éloquente sous le regard qui la faisait parler : elle s'étendait devant lui, ouvrant ses pores, démasquée, vaincue, encore réticente certes, mais déjà soumise. Pareille à la pellicule plongée dans le bain révélateur, elle prenait vie derrière la fine membrane de son masque sous l'effet du regard. Sa beauté s'effritait : à sa place se figeait une patine pourrie et une dignité transie, délabrée, décatie, désarmée. Les fioritures de sa splendeur baroque, comme tirées d'un vieux disque par une méchante aiguille, s'effondraient, se brisaient, se scindaient çà et là en voix ridicules et laborieuses. Les ornements, les rues, les maisons et les tarabiscotages faisaient un plongeon dans le temps : leur éternité disparaissait, dévoilant le caractère éphémère, le hasard et l'absurdité de leur présence. L'émissaire regardait et voyait : c'était la ville – non telle qu'on la montrait, mais telle qu'elle devait être. Une jubilation lugubre gonflait sa poitrine – le travail commençait bien ; c'est alors seulement qu'il se rendit compte qu'il n'était pas seul. A côté de lui, Hermann parlait toujours, ne s'adressant cependant plus à lui mais à sa femme assise à l'arrière, il tendait la main vers un monde apparent, illusoire, qui exigeait de plus en plus impérativement d'exister, il montrait, expliquait : ici habitait quelqu'un, là on donnait des conférences, par ici on tenait des discours, par là on administrait ; et elle – par ignorance ou peut-être parce qu'ils avaient le même but – l'encourageait par ses questions, exprimait à haute voix son plaisir et sa curiosité.

"D'où part l'autocar ?" demanda-t-il sèchement. L'instant ne devait pas être rompu mais déjà le danger menaçait de toutes parts ; heureusement, Hermann montra du doigt une place toute proche, au bout de la rue, où le feuillage vert des arbres et les stores des magasins aux volants multicolores semblaient leur faire des signes. Mais, avant cela, il avait brusquement tourné dans une rue adjacente ; il justifia la manœuvre par les règles de la circulation ; et, après un nouveau virage, ils virent à nouveau la place, cette fois sous un angle différent. Ils s'arrêtèrent à l'entrée de la place ; Hermann leur montra les autocars gris stationnés de l'autre côté le long des trottoirs : ils le remercièrent, descendirent – l'enfant, qui avait suivi d'un air alarmé la perte soudaine de l'objet de son amusement bruyant, éclata en sanglots de rage et de déception dès qu'il eut compris que le changement était irrémédiable, si bien que la femme de l'envoyé fut obligée de se pencher vers lui pour lui donner au moins un baiser, la consolation d'une dernière chatouille –, puis ils prirent congé en se souhaitant mutuellement bonne chance. Par la vitre baissée, Hermann leva avec bienveillance son visage vers les voyageurs ; il leur prodigua ses derniers conseils : ils devaient prendre leur déjeuner dans un restaurant célèbre dont le nom s'inspirait du rhinocéros ou de l'hippopotame – l'envoyé n'y prêta pas une attention suffisante –, en tout cas, il s'agissait d'un gros animal tropical ; et s'ils n'y voyaient pas d'inconvénient, il leur proposa de venir les chercher au retour sur cette même place, si toutefois le moment, à savoir quatre heures et demie, leur convenait. La proposition plut à la femme, on ne pouvait pas la refuser ; mais la question se posa de savoir si l'envoyé aurait déjà fini et si fixer une heure de rendez-vous quelconque ne risquait pas simplement de l'empêcher d'accomplir sa tâche ; puis ils restèrent enfin seuls sur la place.

"Et maintenant, demanda-t-elle, où allons-nous ?

— Je dois d'abord finir mon travail, répondit-il.

— Bien, dit-elle. Allons-y."

Ils firent quelques pas, passèrent de l'ombre profonde des maisons à la place brûlée de soleil. Elle était très animée, c'était visiblement le cœur battant et commercial de ce quartier historique ; non loin du coin, en face d'une fontaine ventrue, ils aperçurent un salon de thé dont la terrasse, avec ses parasols bariolés, ses nappes colorées et ses confortables sièges en rotin, donnait envie de s'asseoir. Encore un ou deux pas et il serait trop tard : il s'arrêta.

"Tu n'es pas obligée de venir avec moi si tu n'en as pas envie, dit-il.

— Pourquoi est-ce que je n'en aurais pas envie ? répliqua-t-elle en le regardant et un sombre pressentiment voila son regard franc et son visage confiant.

— Je crains que... répondit-il, eh bien, ce sera sûrement très ennuyeux pour toi. Tu pourrais en attendant faire un tour en ville. Et après, disons, tu m'attendrais dans ce salon de thé."

Elle jeta un regard sur la terrasse.

"Ce serait encore plus ennuyeux, jugea-t-elle.

— Alors tu pourrais faire quelques courses, proposa-t-il.

— Pour acheter quoi ?" demanda-t-elle. Elle gardait les yeux rivés sur lui ; il dut se détourner pour continuer.

"Je ne sais pas. Tu veux sûrement acheter quelque chose.

— Non", répondit-elle. Ils se turent. De l'autre côté, un mouvement se fit autour des autocars comme s'ils se préparaient à partir ; le temps pressait et sa femme ne lui facilitait pas la tâche.

"Je dois rester seul, lâcha-t-il enfin, rudement, crûment, comme s'il passait aux aveux.

— Tu te fais des illusions, dit-elle en haussant les épaules, tu ne peux pas être seul, tu le sais bien toi-même." Oui, il le savait, bien qu'il ne voulût pas l'admettre et il voyait déjà un tourbillon au milieu duquel les débris d'une décision – jadis fier vaisseau – sombraient dans un tournoiement vertigineux.

"Je suis ta femme", poursuivit-elle. Ils se turent à nouveau et, tandis qu'il cherchait ses mots, elle reprit la parole :

"Je veux aller avec toi", dit-elle fermement, simplement, avec toute la conscience de son pouvoir.

L'envoyé regardait le trottoir ; il essayait encore de résister mais sentait déjà qu'il avait perdu. Il savait qu'il allait commettre une erreur irréfléchie – il l'avait redouté jusqu'au bout et pourtant il dit, ne pouvant dire autre chose :

"Allons-y."

Sur le bord du trottoir, ils regardèrent autour d'eux puis, en se tenant la main – comme toujours quand ils marchaient ensemble –, ils franchirent la circulation dense de la rue, se dirigeant droit vers les autocars.

DÉSORIENTATION. LE PORTAIL

Arrivé de l'autre côté, l'envoyé fut tellement surpris qu'il dut se poser cette question : à quoi d'autre s'attendait-il ? Peut-être était-il surpris de constater que la station ne se limitait pas à un seul autocar desservant exclusivement une seule destination. Personne ne l'en avait informé, il ne pouvait donc raisonnablement pas le supposer lui-même, et s'il était déçu par quelque chose, c'était tout au plus par les chimères de ses propres instincts. Ils se trouvaient dans une gare routière ordinaire et devaient identifier leur autocar parmi cinq ou six véhicules semblables qui reliaient la ville aux bourgs environnants. Comme tous les autres, leur autocar desservait une simple ligne de campagne, suivant un trajet fonctionnel, avec un nombre défini d'arrêts dont celui auquel ils devaient descendre – ils en voyaient le nom sur le panneau poussiéreux de l'horaire au milieu de noms de lieux insignifiants qui ne disaient rien à personne : très habile, constata l'envoyé. La méthode était d'autant plus efficace et dangereuse qu'elle était simpliste et transparente. Elle comptait sur la monotonie de l'attente, son danger résidait dans l'épuisement : peut-on tenir sur des sièges collants en skaï chauffés par le soleil à travers la vitre fermée ; peut-on résister au grondement et à la trépidation incessante du moteur qui tourne déjà ainsi qu'au bavardage indifférent et soporifique des voyageurs écrasés par la chaleur étouffante du véhicule ?

Heureusement, le chauffeur – qui faisait également office de contrôleur et à qui ils avaient dû acheter leurs tickets – leur apprit qu'il ne restait que dix minutes avant le départ ; un calcul rapide révéla qu'ils ne pourraient guère arriver sur place avant midi, or Hermann devait les attendre en ville à quatre heures et demie ; et alors il n'avait pas encore compté avec sa femme – pouvait-il la priver de déjeuner, de repos à l'ombre, d'un moment de détente ? –, ainsi, il ne lui resterait que trois heures pour l'inspection. Il regarda furtivement son épouse : elle était assise à côté de lui sans un mot, son visage trahissait son émotion et les efforts qu'elle fournissait pour ne pas être un boulet : pouvait-il se permettre de retourner contre elle son irritation due à l'attente et aux circonstances ? Il était plus judicieux d'observer les autres voyageurs : c'étaient presque tous des paysannes et des paysans, avec tout au plus quelques personnes à l'allure plus citadine, peut-être des artisans du coin ; il y avait un nombre remarquable de visages sanguins couverts d'un réseau de veinules violacées, de foulards sombres, de nuques charnues, de membres démesurés, de ventres et de seins lourds portés comme des fardeaux étrangers. Ils jacassaient, descendaient et regrimpaient, prenaient et remettaient leurs bagages, interpellaient des connaissances assises à l'autre bout de l'autocar et celles-ci leur répondaient en criant – instruments aveugles d'une pensée supérieure, ils jouaient fidèlement leur rôle, correspondaient docilement à ce qu'on attendait d'eux. Une bonne femme avec un foulard sur la tête avait des canetons dans un panier ; l'un des volatiles soulevait un coin de la serviette qui recouvrait le panier, se frayant un chemin vers l'air vital et sortait son bec jaune en cancanant ; de son pouce, sans regarder et sans interrompre un seul instant la conversation animée qu'elle menait avec ses voisins, la femme repoussait distraitement dans le panier la tête qui protestait à grand bruit ; la scène se reproduisait sans cesse – les canards et les femmes cancanaient éperdument à qui mieux mieux –, jusqu'au moment où la tête de l'animal fut tordue sans pitié et le nœud de la ficelle, serré plus fort. Témoin abasourdi de l'événement, l'épouse de l'envoyé se tourna à plusieurs reprises vers lui comme pour dire quelque chose, se ravisant chaque fois pour une raison quelconque ; la brutalité du dénouement la poussa néanmoins à s'indigner tout haut ; il répondit qu'il n'avait rien vu qui sortît de l'ordinaire ; elle s'exclama amèrement :

"Il n'y a pas moyen de faire autrement ? demanda-t-elle. Ne sommes-nous pas des êtres humains ?

— Si, mais nous mangeons bien les canards", répondit-il avec un sourire singulier, et elle se tut.

Il ne remarqua pour ainsi dire pas le moment du départ ; il n'attendait rien de notable de la route, il devait se limiter à garder son attention en éveil et à la protéger des influences trompeuses qui la menaçaient tant à l'intérieur qu'à l'extérieur de l'autocar ; à côté de lui, sa femme, à croire qu'elle avait fait un vœu, supportait sans un mot la tension du voyage qui se reflétait dans ses yeux et dans l'un ou l'autre mouvement nerveux ; parfois, elle ne pouvait réprimer une remarque qui lui brûlait les lèvres à propos d'un détail qui lui avait sauté aux yeux, d'abord tout bas, prudemment, puis elle s'oubliait, parlait plus fort, exigeait des réponses et il s'apercevait soudain qu'ils étaient en train de discuter à bâtons rompus. Il se tournait alors avec humeur vers la fenêtre ; si cela continuait ainsi, le discret travail de sape de sa femme anéantirait la pauvre victoire qu'il avait remportée en ville : sa présence imposait des limites, enserrait tout dans le corset d'une inacceptable modération – c'était là la conséquence de son erreur, le fruit d'une légèreté dont il devait déjà payer la douceur.

"On descend où ? demanda-t-elle.

— Je te le dirai", répondit-il. En tout cas, en haut de la côte ; ils n'avaient demandé à personne de renseignements précis, il avait rejeté cette béquille dès le début du voyage avec une détermination irritée – bien que sa femme en eût parlé comme d'une commodité évidente, et par la suite elle s'en remit à lui.

Mais, pour l'instant, l'autocar gravissait la pente en soufflant et en haletant péniblement ; pourtant, cette surface ravagée par la douleur et les spasmes – qui aurait dû le secouer, le faire piquer du nez, le précipiter contre un arbre, le jeter sur le flanc et le redresser brutalement avec la rage d'un accès de fièvre – avait été rabotée jusqu'à devenir une route lisse, un espace fiable du réseau des transports en commun dans un paysage de montagne insignifiant, malgré la vue incontestablement saisissante qu'offrait en contrebas la vallée et qui, du reste, ne répondait à aucune nécessité et aurait très bien pu se trouver ailleurs : l'envoyé la regardait avec une froide indifférence, presque avec mépris.

Soudain, leur attention fut attirée par des changements : la route redevint plate, le chauffeur changea de vitesse avec un fort grincement, puis il ralentit comme s'il approchait d'un arrêt.

L'émissaire se leva.

“On descend”, dit-il à sa femme.

Pas un seul voyageur ne les suivit ; personne n'avait rien à faire à cet arrêt perdu et quand l'autocar repartit ils restèrent seuls dans ce paysage désert – circonstance au demeurant heureuse qui ne pouvait que favoriser son travail.

Mais où étaient-ils au juste ? A cet endroit, la route traçait une vaste courbe et, à une centaine de mètres plus loin à peine, elle redescendait ; en outre, la hauteur où ils se trouvaient, désarmée sous le feu meurtrier du soleil de midi, n'était toujours pas le sommet de la montagne. Alentour il n'y avait que des terrains nus, dépourvus de végétation, couverts de cailloux blancs qui réfractaient la lumière jusqu'à l'aveuglement – selon ses calculs, un peu plus haut à gauche devait se trouver un long bâtiment sans étage avec, au milieu, un toit s'élevant en pente raide, perpendiculaire au soubassement, et surtout un drapeau flottant paresseusement en haut de sa hampe dans la chaleur de midi, ce pouvait être en l'occurrence n'importe quel drapeau, pourvu qu'il y en eût un – or, il n'y avait pas trace de construction.

L'aurait-on induit en erreur ? Ou lui-même se trompait-il ? Sa femme attendait patiemment, immobile et silencieuse ; et lui, à cet instant qui aurait dû être le début de l'action, de l'opération tant et tant attendue, il restait planté là à lancer des regards effrayés autour de lui, impuissant.

"Que se passe-t-il ?" demanda-t-elle timidement ; ainsi donc, son visage reflétait déjà la défaite ; mais avait-il le droit de le reconnaître, avait-il le droit d'apparaître à nouveau faible aux yeux de sa femme ?

"Je me suis perdu. Je ne sais pas par où il faut aller, dit-il.

— On demandera à quelqu'un", dit-elle tout bas sans donner le moindre signe d'étonnement, son sourire glissant dans cette proposition la magie des choses simples ; il sentit la joie de ne pas être seul, d'avoir un témoin bienveillant de sa détresse l'inonder comme une honte cuisante.

"A qui ? demanda-t-il.

— A n'importe qui. Cet homme, là, par exemple", dit-elle en montrant une personne qui marchait dans leur direction.

Pourtant, il ne venait manifestement pas vers eux et, s'ils ne l'avaient pas accosté, il serait passé sans les remarquer, se dirigeant selon toute vraisemblance vers l'arrêt d'autocar.

Et quel homme ! – l'envoyé le regardait, de plus en plus ébahi. Il portait une tenue de sport à damier, avec de grands carreaux de la tête aux pieds ; veste et knickers, par cette chaleur ; brodequins et chaussettes de laine ; et sur la tête, une casquette à visière du même tissu que les vêtements, à carreaux. Il marchait comme une cigogne, pataugeant avec une prudente assurance dans un marais familier ; sur son long nez, il portait des lunettes à monture dorée ; son sourire serviable dévoila des dents en or fin.

Par quel hasard s'était-il trouvé devant eux dans cet endroit désert, et juste au moment où ils avaient besoin de lui ? Etait-ce un pèlerin ou un habitant des environs, une réalité ou une vision onirique ? L'envoyé se perdait en conjectures.

En tout cas, il était bel et bien là, il parlait, on ne pouvait par conséquent pas douter de sa réalité. Ses yeux brillaient – bien sûr qu'il pouvait les renseigner, bien sûr ; il tendit son long bras terminé par une grande main osseuse pour montrer la direction opposée à celle à laquelle s'attendait l'envoyé : ainsi donc ils cherchaient l'attraction touristique du coin ? Ils devaient aller tout droit, et vite, le programme allait bientôt commencer : il y avait sur place un cinéma et un musée, des ruines historiques et une œuvre d'art moderne, spectacle pour les vivants, repos pour les morts – le programme était varié et instructif, avec un horaire garanti, réglé à la minute, et chaque fois un conférencier ou un guide compétent.

“Comment ?... Mais qu’est-ce que vous racontez ?! demanda l’envoyé, sidéré.

— Pourtant c’est comme ça, dit l’homme en souriant.

— Vous y êtes déjà allé ? le questionna-t-il.

— Plus d’une fois, répondit l’homme fièrement.

— Et pourquoi ? insista-t-il laconiquement.

— J’habite ici, pas loin ; je vis seul ; et qu’est-ce que je peux faire de mes dimanches ? dit l’homme en posant sur son interlocuteur un regard perçant, presque réprobateur.

— Allons-y”, dit l’envoyé en prenant sa femme par le bras et en la tournant dans la direction indiquée. Il devait s’agir d’un fou ; ou alors d’une canaille ; mais bon, dans un cas ou dans l’autre, ils sauraient bientôt s’il avait dit vrai.

Ils n’eurent que quelques pas à faire pour parvenir au sommet tronconique de la colline ; une légère brise rafraîchissait leur front brûlant : l’envoyé acquiesça en souriant – comme on répond à une salutation attendue –, puis prit une grande inspiration, le visage attentif, pareil à un connaisseur qui juge l’arôme d’un vieux vin. Il ne pouvait pas travailler sereinement ; des scintillements insupportables lui tailladaient les yeux : un peu plus loin, les rayons de soleil se livraient à leur danse folle sur au moins une demi-douzaine d'objets de verre et de métal. Seraient-ce des autocars ? Effectivement ; immobiles, ils attendaient visiblement leurs passagers qui se trouvaient au loin ; ils ne pouvaient en aucune manière appartenir aux transports locaux qui, gris et délabrés, auraient honte au milieu de ces merveilles mécaniques bleues, rouges, jaunes, vertes et brunes, dont l'une ou l'autre pouvait s'enorgueillir d'un étage ou d'une climatisation, mais dont même les plus modestes portaient sur le côté des inscriptions ostentatoires, offres criardes des agences censées séduire le voyageur. L'envoyé s'approcha pour mieux voir : il lut des noms de pays et de villes, proches et lointains, des quatre coins du monde. Le coup était inattendu – il n'avait pas prévu l'apparition de touristes – quoique, à bien y réfléchir, et même en négligeant les dires de l'autre homme, n'était-ce pas sa faute à lui s'il se trouvait désarmé dans cette situation ? Les touristes sont comme des fourmis : ils emportent miette par miette mais sans relâche la signification des choses, chaque mot, chaque photo enlève un peu de la gravité muette qui les entoure – il aurait dû penser qu'ils ne négligeraient pas cette aubaine. Où pouvaient-ils être ? Il regarda autour de lui avec une curiosité amère : était-ce justement la pause ou, au contraire, les spectacles battaient-ils leur plein quelque part ? Pas moyen de le savoir ;

ils ne se manifestaient pas, pour l'instant seule la menace muette des autocars désertés pouvait lui disputer la possession de ce coin désolé.

L'envoyé entendit sa femme l'appeler : dans sa hâte, il l'avait laissée en arrière. Elle montrait quelque chose ; il se retourna pour suivre du regard la direction qu'indiquait son bras tendu.

"Là, un portail !" dit-elle.

Effectivement, sur la crête, à la limite entre la terre et le néant, là où la montée se terminait et où l'imagination devinait un précipice, les deux battants d'un portail isolé donnaient sur le ciel.

L'envoyé se dirigea vers lui avec lenteur et appréhension, comme si sa prudence déterminait la mesure de son espoir : serait-ce le portail ?

Possible ; pourquoi pas, en effet : la situation du terrain, ce point privilégié de la montée rendaient la chose parfaitement plausible. Il fallait certes laisser une place aux hypothèses – sans toutefois ce martèlement du cœur qui se jette comme un fou sur chaque possibilité, si mince soit-elle, entraînant la raison sur une fausse piste : car le portail aurait dû être plus grand. Celui-ci était petit, insignifiant, inexistant, il se perdait dans le paysage, il était presque ridicule ; et les ornements en fer forgé de ses deux battants ajourés : les motifs ! les entrelacs ! les enchevêtrements sinueux, la course des lierres métalliques, les fugues, les décorations si complexes, si opaques, qui se croisaient et s'interpénétraient comme les coursives du destin : où étaient-ils ? Le dessin des ornements de ce portail-ci était si simple que le moindre regard pouvait les déchiffrer au premier coup d'œil : des losanges, de vulgaires losanges en fer forgé, placés en colonnes verticales parallèles avec une double soudure aux jointures – indiscutablement excellent, l'ouvrage n'était cependant pas ciselé avec art, comme il aurait dû l'être ; et malgré cela, c'était quand même le portail, sans aucun doute.

"Je vois une inscription au milieu", annonça-t-elle.

Ils étaient encore trop loin pour pouvoir déchiffrer l'inscription formée de trois ensembles, vraisemblablement trois mots, placée au milieu de la décoration du portail dont elle semblait, à cette distance, n'être qu'une espèce de ramification.

"*Je... je...* fit-elle, s'efforçant de la déchiffrer.

— *Jedem das Seine*, «chacun son dû»", dit l'envoyé lui venant en aide.

Elle se tut, tourna la tête et la baissa : enfant mortifié d'avoir été soudain réprimandé alors qu'il était absorbé dans ses jeux.

"Bizarre, dit-elle tout bas.

— Certes, dit-il en souriant, pour d'aucuns, c'est certainement bizarre. Mais il y a dans ces mots une vérité qu'on peut prendre en considération, il suffit de la trouver", ajouta-t-il.

Elle observa son visage d'un regard scrutateur :

"Nous aussi ?" demanda-t-elle.

Il garda le silence.

"Tu me retardes, dit-il ensuite. Je dois y aller."

Il partit à grandes enjambées et se retrouva bientôt devant le portail.

"Il faut que je le voie de près", marmonna-t-il.

Mais sa femme, à qui s'adressait cette explication en forme d'échappatoire, n'était déjà plus près de lui. Il se retourna : il la vit toute seule à l'endroit où ils se trouvaient tous les deux un instant auparavant. Elle n'avait pas fait un seul pas après lui, n'avait pas avancé d'une semelle pour le rattraper ; elle le suivait seulement de ses yeux que la lutte incessante contre la lumière aveuglante semblait avoir exténués. Le coude levé devant son visage, elle essayait de se protéger dans l'ombre étroite de son avant-bras ; la distance et la perspective infinie du vide en contrebas la faisaient paraître plus petite : l'envoyé s'abandonna pendant une minute à l'angoisse sans nom qui émanait de ce douloureux spectacle. Que pouvait-il encore faire pour elle ? Il mit ses mains en porte-voix :

"Je reviens", s'écria-t-il dans l'encadrement du portail.

Le visage de la femme sembla littéralement se tordre à cause de l'effort qu'elle dut fournir pour articuler le cri qui s'éleva vers lui :

"Quand ?..." fit-elle, suscitant chez l'envoyé un sentiment particulier, le sentiment déconcertant d'une sorte de reconnaissance onirique : cette question devait être prononcée à ce moment-là ; et exactement de cette manière, à la fois disséminée dans l'espace et démultipliée par l'écho, comme si – effectivement – cette question n'était pas la sienne, mais qu'elle l'avait seulement énoncée et avait par sa voix vivante ramené à la vie l'âme muette de toutes les questions qui résidaient en ce lieu ; il frémit en pensant que, cette fois-ci, c'était à lui de donner une réponse.

"Le prochain car repart dans une heure et demie !" cria-t-il.

Quelle faiblesse l'avait-elle pris ? Pourquoi avait-il obéi à un ordre inexprimé ? Il tourna les talons, presque effrayé par lui-même : assez, il avait sacrifié trop de choses pour sa femme, beaucoup trop, désormais, dès lors que pour lui faire plaisir il s'était laissé enchaîner par le temps il n'avait plus une minute à perdre.

ÉTONNEMENT. L'INSPECTION. L'AUBERGE

Il se dirigea tout droit vers le portail ; mais il n'était pas encore parti que déjà il s'arrêtait net ; un fait inflexible qu'il avait dû remarquer dès le début mais avait visiblement négligé comme un détail secondaire se dressa devant lui avec la résistance opiniâtre de la matière : le portail était fermé. Il devait modifier son plan initial selon lequel il devait le franchir pour entrer sur le site de son travail : il fut saisi par une irritation soudaine. L'obligeait-on à faire un détour ? A entrer, à se faufiler par quelque porte dérobée là où il aurait dû arriver en conquérant, la tête haute ? Il eut presque envie de se jeter tout simplement contre le portail, de le défoncer, l'arracher, vaincre la résistance méchante sans cesse renouvelée des choses ; mais son bon sens reprit bientôt le dessus.

Deux ou trois pas environ le séparaient du portail ; il devait donc monter encore un peu. Pour l'instant, il ne voyait rien au-delà, puisque le terrain redescendait : mais, en se débattant avec le portail, pourrait-il résister à la tentation de jeter au moins un coup d'œil derrière, risquant de compromettre tout le résultat, l'objectif, tout l'espoir qu'il avait placé dans ce spectacle ?

Il prit donc un chemin ; ce n'était même pas un chemin mais plutôt le souvenir de pas sur la terre, une sorte de lisière ; il longea une clôture de barbelés – ils avaient visiblement négligé de l'entretenir, laissant le temps la ronger et la noircir –, il effleura du bout des doigts les pointes rouillées et friables : habile pour un début, constata-t-il. On serait presque pris de l'envie soudaine de se laisser aller à méditer sur cette image du dépérissement – si on ne savait pas, bien sûr, que c'était justement le but, et que la comédie du temps qui passe n'était que le leurre des choses. Il reconnut que c'était en tout cas un piège raffiné, une trouvaille astucieuse – à quoi devait-il encore s'attendre ? Il ne fallait rien précipiter, cette fois-ci, il était libre ; nul ne lui imposait d'entraves ; il définissait lui-même les règles de son travail et répondrait seul de ses erreurs et de ses résultats. Il devait employer une autre méthode qu'en ville : ne plus faire parler le lieu, mais au contraire devenir la pierre de touche de ce lieu, prendre la parole. Se transformer en instrument afin que le signe eût une résonance : oui, ne pas découvrir le spectacle, mais s'ouvrir lui-même au spectacle ; ne pas amasser des preuves, mais devenir lui-même une preuve, le témoin fragile mais implacable de son douloureux triomphe.

Il fit encore un ou deux pas et la clôture s'interrompit ; il devait donc tourner à gauche s'il voulait voir quelque chose. Il s'arrêta pour se contrôler lui-même : oui, il était inutile de sortir l'esquisse du terrain qu'il gardait à tout hasard dans sa poche. Il avait fait tant de préparatifs, de mesures, de contrôles et de recoupements qu'il savait précisément ce qu'il devait voir, les contours inertes du spectacle s'étalaient devant lui avec tous les recoins, le terrain, le bâtiment et les ruelles : il n'avait qu'à vérifier ce qu'il savait pour ensuite s'abandonner à ce savoir.

Au point le plus propice de la colline, là où la vue embrasse tout le paysage, il se retourna et donna libre cours à son regard, comme le chasseur qui lâche son faucon ; et ce qu'il vit le pétrifia.

En contrebas s'étalaient un champ désert, un flanc de colline nu, couvert d'herbe, battu par le vent, qui s'étendait depuis ses pieds jusqu'à une forêt sombre et lointaine qui formait une couronne.

Qui avait fait cela : la nature ou la main destructrice de l'homme ? Non, la nature seule n'accomplit jamais de travail aussi parfait ; l'envoyé regarda autour de lui, affolé : il n'y avait rien que ce versant nu dont la verdure incitait à la promenade – oui, c'était un travail parfait, même si cette perfection trahissait la motivation anxieuse qui l'avait produite. Ils n'avaient fait preuve d'aucune indulgence ; ils n'avaient rien confié à la simple apparence, rien laissé au hasard ou à la chance qui était de toute manière incertaine dans le labyrinthe du délabrement naturel et des corrélations chaotiques. N'avaient-ils pas atteint leur but ? Le doute n'était-il pas déjà dans la place ? Et, pour la première fois durant ce voyage, l'envoyé eut le pressentiment de la défaite, pareil à l'hébétude engourdie des rêves oppressants et agités.

A quoi pouvait-il s'accrocher pour acquérir une certitude ? Avec quoi lutter, s'il était privé de tous les objets de la lutte ? Sur quoi essayer sa résistance, si rien ne résistait ? Il s'était préparé au combat et trouvait un champ de bataille déserté, il était contraint de déposer les armes non par l'ennemi, mais par l'absence d'ennemi…

Des formes humaines mouvantes se détachaient en groupes sur l'arrière-plan lumineux ; l'envoyé tourna nerveusement la tête dans leur direction : elles venaient vers lui par la droite. Qui était cette femme au cou d'autruche ? Son visage menu et vieilli avant l'âge était un fruit qui avait flétri dans le séchoir du zèle douloureux, elle agitait de loin ses bras comme des fléaux en signe de protestation ; et que signifiaient son uniforme gris, sa cravate délavée ? Etait-elle une représentante des autorités de surveillance, une guide, une éclaireuse ou une gardienne de cimetière ? Et qui était cette ombre immobile et muette qui se dressait à une certaine distance derrière elle, sur un décrochement de la pente, vêtue d'une robe noire tombant presque jusqu'aux chevilles et d'un voile de deuil que le vent faisait voleter autour de son visage : ce spectre noir dans le bleu et l'or de la lumière, était-il une vision antique, Antigone avec dans le lointain, au lieu des nobles colonnes de Thèbes, le dessin sinistre et réel d'une cheminée refroidie, noircie de fumée ?

La femme en uniforme se tenait déjà devant lui ; l'envoyé ne saisissait pas ce qu'elle disait. Dans sa stupéfaction, confronté au spectacle brutalement dévoilé de la trahison et de l'infidélité, il comprenait seulement que quelqu'un voulait se mettre sur son chemin, dresser un nouvel obstacle à son travail, l'empêcher de progresser. Le prenait-on pour un intrus importun ? Un touriste égaré ? Il lui dit quelque chose, lui-même ne savait quoi ; mais il sentait que sa voix résonnait partout autour, que ses paroles pouvaient rompre des digues ou arrêter des fleuves ; il lui jeta à la figure son identité et toute l'émotion de sa colère frémissante.

Il fallait voir comment elle l'a bouclée ! Comment elle a dégagé ! Il avait dû paraître très puissant à ses yeux pour lui faire un tel effet – maigre consolation, à quoi l'avançait-elle ?

Il entama la descente, coupant à travers le champ ; lui-même ne savait pas où il allait ni dans quel but. Ses pieds l'emportaient de plus en plus vite ; il sillonnait le pré en tous sens, comme un limier qui a perdu la trace sur des pistes inexistantes, en direction de cachettes imaginaires – mais il ne trouvait que la patience douce, immuable et goguenarde des paysages, des coteaux et des prés. L'herbe lui arrivait aux genoux, il se démenait dans les broussailles, le sol caillouteux de la clairière crissait sous ses chaussures ; les sauterelles faisaient vibrer les tiges des fleurs, les papillons se livraient à leur danse estivale, tandis qu'au loin, au-dessus de la forêt, planait une buse vorace guettant sa proie : peu à peu, l'envoyé fut envahi par une étrange impression d'invraisemblance. S'était-il trompé d'endroit ? S'il n'y avait rien de ce qui aurait dû être là, alors peut-être toutes les hypothèses de départ étaient-elles erronées, et toutes les preuves, fausses et abstraites ; alors cet endroit n'était pas réel mais seulement une illusion née de son entêtement ; alors lui-même et sa mission n'étaient pas réels non plus ; l'espace, le temps, la terre sous ses pieds : rien n'était vrai ; alors il n'y avait pas d'autre vérité que cette suggestion qui attaquait tous ses sens et les comblait : le silence et la quiétude estivale de cette douce prairie ; oui, il devait renoncer à sa mission et accepter cette proposition, la seule qui fût vraie et palpable, à savoir l'or enivrant de cet été torride, comme ces lézards qui filaient, dérangés par ses pas dans la paix ensoleillée de leur heureux présent.

Il rebroussa chemin en direction de la colline d'où il était venu. Devait-il accepter sa défaite ? Se contenter de la certitude hostile des lézards et des insectes, des paysages et des choses, et même de ses propres sensations, de son corps indéniable : jambes lourdes comme le plomb, yeux brûlants, cerveau embrumé ? Oui, lui-même, qui succombait déjà à cette illusion, n'était-il pas lui-même un ennemi ?!... L'émissaire regarda autour de lui : que pourrait-il encore mettre à l'épreuve ? Plus haut, la colline était tachetée d'ombres noires, des colonnes en marche zébraient la verdure : les touristes ? Peut-être un numéro venait-il de s'achever et un autre commençait-il à cet instant ? Il vit un peu plus loin une construction en forme de pavillon vers laquelle se dirigeait le cortège ; ils avançaient comme un troupeau docile là où on les menait ; leur bavardage insouciant avait déjà réveillé en sursaut le paysage assoupi.

L'envoyé se dirigea vers eux en pressant le pas, se faufiler discrètement dans leurs rangs fut un jeu d'enfant. Il entra dans une salle, un hall d'exposition – qu'était-ce au juste ? Il crut s'être égaré dans un aquarium, parmi des monstres morts, des dragons empaillés, des fossiles préhistoriques ; la salle sentait encore la peinture fraîche, tout était agréablement illuminé, délimité par des barrières, fourré derrière des vitres, l'ordre transcendant, l'apparat scientifique et une délicate abstraction constituaient dans cet environnement sécurisant une exposition étrange voire honteuse : accessoires de romans d'épouvante, marché aux cauchemars, collection d'instruments désuets d'époques révolues, bazar de curiosités. Il regardait et ne reconnaissait rien. Que pouvait prouver, à lui ou à quiconque, ce dépotoir habilement, très habilement même, déguisé en collection poussiéreuse ? Seul l'usage eût pu ramener ces objets à la vie, seule l'expérience, mettre à l'épreuve leur réalité, or là, il n'y avait d'autre vérité que la foule et la touffeur de la salle – mais celle-ci était-elle suffisamment étouffante et y avait-on entassé une foule assez compacte ? Cette multitude douillette se mouvait dans ce milieu tempéré avec une telle aisance : les visages reflétaient un intérêt modéré pour l'aventure prévisible dans laquelle ils s'étaient lancés par inconscience et par ennui ; ils hochaient la tête, regardaient de-ci de-là, certains objets avaient l'heur de leur plaire, parfois, ils se détournaient ou passaient au suivant.

Il n'avait rien à faire dans cet endroit : sortir au plus vite, sortir, dans la négation du soleil brûlant et du paysage inébranlable – au moins, était-elle muette et introvertie. A l'extérieur, il dut traverser une foule, un nouveau groupe qui attendait ; il était serré au milieu des corps chauds, des odeurs de tabac et de parfum agressaient ses narines, un brouhaha criard assaillait ses oreilles. Il se fraya un chemin à coups de coude ; le vacarme le poursuivit jusqu'au sommet de la colline.

Il était tôt – en venant, il pensait que trois heures ne suffiraient pas pour son travail, ensuite il s'était limité à une heure et demie et il s'avérait finalement que c'était encore trop –, il ne voyait sa femme nulle part. Il fit une petite promenade dans les environs, des routes anonymes le portaient sur leur dos avec l'indifférence d'esclaves piétinés qui portent des fardeaux mais n'en gardent aucune trace. Quelle était cette tentation qui attirait le regard dans une courbe tendre de ce paysage vallonné, au milieu d'un cercle de voitures ? Ce bâtiment neuf, fruit vite réalisé d'un rêve architectonique : était-ce une auberge ? Pourquoi pas ; l'envoyé n'en fut même pas surpris : une telle franchise avait l'avantage d'être touchante et de ne pas dissimuler la nature de son offre. Il s'approcha d'un pas léger ; l'enseigne promettait une excellente bière, des rafraîchissements glacés, un buffet chaud et froid – l'établissement était incontestablement utile et la demande à laquelle il répondait, aussi impitoyable que l'innocence des enfants.

Il entra et s'arrêta près de la porte pour explorer des yeux le local, à la manière d'un client qui cherche une place. La salle était comble, toutes les tables étaient prises, les serveurs affairés se frayaient un chemin en portant de lourds plateaux et des boissons pétillantes. Son regard s'arrêta sur une bande de chahuteurs, tous des hommes, assis autour d'une table couverte de restes de repas, de verres pleins et d'une profusion de verres vides. Ce n'étaient pas des touristes, cela se voyait tout de suite, ou alors pas n'importe lesquels. Ils étaient assis avec une familiarité ostensible, comme pour signifier leur droit de propriété sur les lieux et en même temps ils étaient mal à l'aise, un peu comme des étrangers – il les reconnut, comment aurait-il pu ne pas les reconnaître. C'était eux, oui, ces inconnus familiers, hantés par la nécessité du retour comme on désire revoir ses cauchemars, avec peut-être le secret espoir de les comprendre enfin un jour... Avaient-ils réussi ou bien échoué, étaient-ils venus pour commémorer ou pour oublier ? Leur poser la question eût été une entreprise intéressante. Son regard passait d'un visage à l'autre et ils durent sentir cette présence avide car – comme à un signal de leur instinct qui s'anima au fond de leur ivresse – ils se turent soudain et dévisagèrent un instant le nouveau client avant de se retourner les uns vers les autres ; et l'envoyé fut véritablement secoué par la puissante tentation de se ruer vers eux, de s'installer à leur table.

Mais enfin, à quoi cela le mènerait-il ? Devait-il trahir son travail, parachever sa défaite ? Essayer de partager avec eux l'impartageable, se faire croire qu'il n'était pas seul ? Non, cette solution était réservée aux chanceux. Il avait perdu mais la partie continuait, il ne pouvait pas encore renoncer à sa mission : oui, pensa-t-il avec amertume, il n'avait pas encore fini de perdre.

Il ressortit sans un mot et se dirigea tout droit vers l'autocar où sa femme l'attendait sûrement déjà.

LA PALMERAIE.
LA FEMME AU VOILE DE CRÊPE

Il arriva au bon moment : ils avaient à peine eu le temps de se saluer que l'autocar surgissait dans un virage de la nationale ; ainsi, la question qui semblait brûler les lèvres de la femme resta suspendue. Heureusement, le rugissement rauque du moteur – le chauffeur devait l'employer en guise de frein dans la descente – couvrait tous les autres bruits, et ainsi aucune conversation ne fut possible pendant le trajet – d'ailleurs qu'aurait-il pu dire ? Il n'avait pas le droit de donner des explications à sa femme ; il ne pouvait pas démentir la gravité de son regard, la retourner contre lui ; il ne pouvait pas lui demander ce que signifiaient ces quelques fleurs des champs qu'elle rapporterait peut-être à la maison comme relique de leur entente tacite ; ni où elle était allée pendant qu'il faisait son inspection ; ni de quoi elle avait été convaincue, dans quels pièges elle avait été attirée, ni de quelles apparences elle avait été victime. Seule la révolte de l'indulgence peut donner une réponse méprisante à l'ironie provocante des faits bruts, il devait garder son secret, en porter seul la responsabilité, ce vide dévorant.

Pourquoi ressentait-il non de la reconnaissance mais plutôt une envie de chercher noise, alors qu'il voyait que sa femme le soutenait dans sa quête avec une obéissance silencieuse : question stupide qui ne ferait que l'éloigner de son travail.

Il aida sa femme à descendre de l'autocar ; ils se retrouvaient sur leur place ; la circulation de midi se pressait sur l'asphalte ramolli. Ils décidèrent d'aller déjeuner ; ils avaient faim. Après une brève délibération concernant la direction à prendre – ils citaient tous les deux les indications de Hermann et il s'avérait qu'ils les comprenaient chacun à sa façon –, ils s'en remirent aux passages et aux rues qui s'étiraient entre les petits palais, les places rêveuses, les parcs aux buissons taillés et les saules hébétés de soleil, comme s'ils espéraient que leur souhait les mènerait au but.

Il n'y avait pas d'erreur possible : cette fière façade, cette porte tournante patinée, ce portier qui plastronnait dans la tenue mi-sérieuse mi-comique ornée de brandebourgs et d'épaulettes de sa fonction ne trompaient pas. Son hochement de tête était le signe de ralliement des complices, son bras tendu, une invitation au royaume enchanté ;

ils traversèrent un hall obscur où leurs pieds s'enfonçaient dans d'épais tapis, il y avait partout des tables laquées brillantes, des étoffes moelleuses ensorcelantes, pareilles au chant muet des sirènes qui invitent ceux qui savent mourir heureux à venir s'échouer sur ces luxueux écueils. Le maître d'hôtel les reçut à l'entrée du restaurant ; il les confia à un chef de rang en frac qui les conduisit dans la palmeraie – abysses inattendus. La composition du menu fut un tâtonnement subtil d'initiés, un rituel de questions discrètement voilées et de réponses magiques dissipant tous les doutes, qui aboutit à un service feutré et sans réserve. Il était envoûté par le monde des verres taillés, des couverts en argent et des porcelaines de marque ; bercé par les sourires distingués, les conversations retenues et polyglottes ; nimbé par les légers tintements, les odeurs alléchantes, les volutes changeantes de fumée pareilles à des créatures sous-marines indolentes ; charmé par les boissons mousseuses et pétillantes et les bouteilles luisantes qui se couvraient d'une légère rosée avec la délicatesse des émotions soudaines ; à la recherche effrénée de plaisirs gustatifs, son corps l'entraînait dans l'aventure aveugle du gavage : l'envoyé se perdait au fond de cette pénombre verte, dans cette ivresse contemplative, comme s'il s'était gorgé de lotus. Où était son travail ? Existait-il encore ?

Confortablement installés, détendus, parachevant leur étourdissement avec du tabac aromatique, les deux exilés du présent triomphant se demandaient déjà comment ils allaient meubler le temps qui leur restait. Elle proposa une promenade ; le confrontant à ses affirmations de la veille, elle lui demanda de tenir sa promesse concernant la ville ; ce moment hésitant où toute conviction pouvait paraître douteuse ne fournissait aucun argument à opposer à la tentation contenue dans l'exigence opportune de racheter par un plaisir partagé et insouciant cette journée tronquée et pleine de ruptures.

Ils payèrent l'addition ; l'intimité de la procédure, les regards détournés avec tact et les sourires conciliants adoucirent la brutalité du fait. Ils sombrèrent à nouveau dans le doux confort du hall ; tandis qu'elle allait aux toilettes avec sa trousse de maquillage pour se refaire une beauté, il remarqua un fauteuil profond et tentant.

Qu'est-ce qui l'empêchait de s'y abîmer et de s'étirer en bâillant ? La honte courroucée plus forte que la paresse de la digestion ? Ou peut-être cette femme en robe sombre qui glissait vers lui sans bruit sur le tapis moelleux, qui se tenait déjà devant lui, et selon toute vraisemblance l'observait avec des yeux qui devaient être de braise derrière son voile de crêpe ?

Comment était-elle arrivée là ? L'avait-elle précédé ou suivi à la trace ? Pourquoi ne disait-elle rien ?

“Madame ?” dit-il finalement sans savoir comment il était tombé sur le ton désuet de cette apostrophe mi-interrogative mi-distante.

“Monsieur ?” répondit avec la même inflexion une voix de femme grave et le crêpe parut comme agité par un rire contenu.

“Voulez-vous quelque chose ? demanda l’envoyé.

— Que pourrais-je vouloir de qui que ce soit ? répondit la femme. Je vous ai vu là-haut, ajouta-t-elle ensuite.

— Là-haut ? demanda-t-il d’une voix hésitante.

— Vous avez éconduit la gardienne. Vous parliez de votre mission. L’avez-vous menée à bien ? demanda-t-elle d’une voix impitoyable qui le fit frémir.

— De quel droit me demandez-vous des comptes ? demanda-t-il d’un ton plus sec qu’il ne l’aurait voulu.

— De quel droit vous tairiez-vous ?! rétorqua-t-elle non moins sèchement.

— J’ignore qui vous êtes, madame, dit-il avec embarras.

— Moi non plus, je ne le sais plus”, répondit-elle. Le visage voilé se détourna un peu de lui. “Mon père, dit-elle lentement en séparant chaque mot. Mon frère. Mon fiancé.

— Je suis désolé, dit l’émissaire, je ne peux rien pour vous.”

Le voile de deuil se tourna à nouveau vers lui.

“Mon père, mon frère et mon fiancé, répéta-t-elle comme si elle n’avait rien entendu.

— J’ai fait tout ce que j’ai pu, dit l’émissaire, vous ne pouvez m’accuser de rien.

— Vous m’avez mal comprise, dit-elle, comment pourrais-je vous accuser ? Il n’y a aucune accusation que vous ne puissiez démentir, puisque vous êtes là.

— Par hasard, dit-il.

— Il n’y a pas de hasard, dit-elle derrière son voile d’une voix sourde et tremblante. Il n’y a que des injustices.” Il y eut un silence, cette affirmation ne permettait aucune réponse. Comment pourrait-il prouver le contraire ? Et trouverait-il un témoin digne de foi pour confirmer ses dires ?

“Je suis ici pour essayer de réparer cette injustice, dit-il néanmoins tout bas, comme pour se justifier.

— Réparer ?… Comment ? Avec quoi ?” Soudain, comme s’il les voyait imprimés, l’envoyé trouva les mots :

“En portant témoignage de tout ce que j’ai vu.” Puis, d’une voix quelque peu plaintive, comme s’il se contentait de réfléchir à voix haute, il ajouta : “Je ne pensais pas qu’on me rendrait le travail si difficile.

— Vous amoncelez vous-même les difficultés : vous vous entourez de trop de facilités, déclara-t-elle.

— Que voulez-vous dire ? demanda-t-il.

— Que vient faire ici votre femme ?” Et bien qu’il semblât s’attendre à la question, l'envoyé fut pris d'une faiblesse, comme s'il s'était d'un coup retrouvé désarmé. "Vous vous taisez : en tout cas, cela témoigne en votre faveur", constata-t-elle. Elle leva la main vers son voile et l'écarta d'un geste délicat : l'envoyé se retrouva face à un visage – non, ce n'était plus un visage mais une réplique de visage, jaune, desséchée et pétrifiée. Et ce masque auquel seul le reflet d'un feu intérieur dévorant donnait vie le fixait avec une demande muette d'explication impossible à satisfaire, avec une exigence qui engloutissait tout, tel un monument à l'intransigeance.

L'envoyé se détourna avec horreur.

"Non, dit-il. J'ai tout fait, tout. Vous ne pouvez pas me demander d'outrepasser mes capacités. Que voulez-vous encore ? Mes possibilités ont leurs limites… mes forces ne sont pas infinies… moi aussi j'ai des droits ! s'exclama-t-il presque.

— Alors servez-vous-en !" entendit-il lui dire la voix d'orgue ; et le temps de se retourner et de lui emboîter le pas – pour la retenir ? pour l'amadouer ? – il se retrouva face au sourire de sa femme qui arrivait.

"Que se passe-t-il ? demanda-t-elle.

— Rien, répondit-il. Mais il faut modifier notre programme", ajouta-t-il et il fut contraint de voir s'éteindre l'éclat d'un visage vivant et un sourire tomber en cendres.

L'HEURE DE POINTE

Ils ne regardaient plus où ils allaient. Sur les trottoirs, les passants de plus en plus nombreux les bousculaient dans la circulation toujours plus dense ; un groupe qui arrivait en face d'eux les sépara et le temps pour l'envoyé de se frayer un chemin il avait perdu sa femme de vue. Il finit par l'apercevoir à quelques pas derrière lui, au milieu des boîtes et des présentoirs rotatifs d'une librairie qui envahissaient le trottoir, tenant dans la main un livre à la couverture désuète.

"*Iphigénie en Tauride*, dit-elle avec un sourire en se baissant pour reposer le livre dans la boîte où elle l'avait pris.

— Verbiage pseudo-classique, romantisme à deux sous, dit l'envoyé avec mépris.

— Je ne sais pas, dit-elle. Je l'aimais beaucoup quand j'étais au lycée. Mais j'ai complètement oublié de quoi ça parle.

— Tant mieux, dit-il. C'est des trahisons et des mensonges mis en rimes.

— Ce n'est pas le souvenir que j'en garde, protesta-t-elle. Il y était question d'un amour… Un homme renonce à une femme qu'il aime, poursuivit-elle après un instant de réflexion. Au nom de nobles principes, ajouta-t-elle.

— Evidemment, dit-il, les rustauds mal dégrossis de ce genre deviennent toujours nobles dans les tragédies royales.

— Ça me revient, dit-elle d'une voix plus vive. C'était une prêtresse, mais en réalité elle était gardée prisonnière dans une presqu'île par un roi barbare.

— En Tauride, marmonna l'envoyé.

— Comment est-ce qu'elle s'est retrouvée là-bas ? demanda-t-elle en posant son regard sur son mari.

— Son papa, le grand stratège, voulait sacrifier à la déesse sa fifille préférée dans l'intérêt de sa flotte et pour que les vents lui soient favorables. Mais la déesse l'a sortie du milieu des flammes qui crépitaient déjà joyeusement pour l'envoyer tout droit en Tauride.

— Quelle terrible histoire, dit-elle.

— Assez déprimante, convint-il. Mais là, un sort encore plus cruel l'attend : durant d'horribles cérémonies dédiées à une divinité barbare, elle doit trancher la gorge des hommes capturés par les barbares qui habitent l'île.

— Oui, oui, mais je crois me souvenir qu'avec le temps elle réussit à adoucir le rituel : elle convainc le roi de tuer les prisonniers seulement de manière symbolique et plus pour de vrai.

— Evidemment, dit-il distraitement.

— Moi j'aimais surtout le point culminant de l'histoire, poursuivit-elle, le moment où son frère vient la chercher pour la libérer et la ramener chez elle. Un petit groupe débarque sur la plage, le frère et la sœur se reconnaissent… Si j'ai bonne mémoire, elle ne veut pas venir tout de suite avec eux parce qu'elle trouve qu'il est indigne de fuir, de quitter le roi en cachette…

— Question de détail, dit-il en haussant les épaules. L'essentiel est que le roi apprend la violation de ses frontières et qu'un commando les surprend sur la plage. En plus, ils voulaient commettre un vol.

— Ils ne considéraient pas cela comme un vol : ils voulaient mettre leur propre objet de culte, l'effigie de la déesse, dans un endroit convenable.

— Dans l'esprit des lois locales, c'est de toute manière un vol qualifié, persista-t-il.

— D'accord, concéda-t-elle. Le roi a donc deux raisons de se venger. Au lieu de ça, il s'incline petit à petit devant les arguments de la prêtresse et renonce non seulement à sa vengeance, mais aussi à son amour. Il les libère et les couvre même de cadeaux." Et comme l'envoyé se taisait, elle lui demanda : "C'est bien ce qui arrive ?

— C'est en tout cas ce qu'on veut nous faire croire", répondit-il.

Cependant, la circulation devenait de plus en plus dense autour d'eux, ils devaient éviter des gens qui devaient les éviter à leur tour quand, d'un coup, les rues s'élargirent et ils se retrouvèrent sur la place qu'ils connaissaient déjà. Dans le flot des piétons et des voitures, leurs pieds les avaient ramenés inconsciemment vers le havre que représentait la terrasse du salon de thé ; dans un coin qui donnait sur le trottoir, avec une vue sur une fontaine conique au clapotis monotone située un peu plus loin, une table avec deux fauteuils légers était justement libre, pareille à une loge : ils s'assirent.

"Alors comment ça s'est passé ? demanda-t-elle.

— Autrement, dit-il en allumant une cigarette, puis il commanda deux boissons glacées à la serveuse en coiffe blanche qui était venue vers eux.

— Comment ? demanda-t-elle encore une fois.

— Comment ?... répéta l'envoyé. Bon d'accord, puisque tu insistes, dit-il après un instant d'hésitation. Bref, les membres du commando cernent les hommes, les attaquent, les désarment et les enchaînent. Ensuite, sous leurs yeux, l'un après l'autre, ils déshonorent la prêtresse ; puis, sous les yeux de celle-ci, ils massacrent les hommes. Enfin, ils regardent vers le roi : il attend encore pour voir sur le visage de la prêtresse l'apathie du malheur absolu ; alors il fait un geste charitable et les soldats lui donnent enfin le coup de grâce… Ah, avant que je n'oublie : le soir, ils iront tous au théâtre pour voir le roi barbare exercer sa clémence sur la scène et, enfoncés dans leurs fauteuils, ils rigoleront bien dans leur barbe."

Ils se turent.

"Tu es injuste, dit-elle au bout d'un moment, d'une voix basse et semblant fatiguée.

— Sans doute, répondit-il un peu honteux. Je ne peux pas être juste", ajouta-t-il d'un ton plus distrait.

En effet, depuis quelques minutes, son attention était attirée par autre chose. Errant dans la rue, son regard avait d'abord divagué sur le trottoir, puis avait parcouru le grand espace délimité par la chaussée à quatre voies, les croisements avec leurs ralentisseurs compliqués, les déviations des giratoires, les arrêts de bus : qu'est-ce qui se déroulait sous ses yeux ? Dans un premier temps, il avait vainement cherché une réponse ; durant cet instant confus lacéré de vacarme, de vrombissement, de cliquetis, d'éclats de lumière acérés et de pétarades, il n'aurait pu parler que du pressentiment encore vague mais déjà funeste d'un événement qui se préparait et de sa nervosité croissante. A quoi devait-il se préparer, qu'est-ce qui l'attendait, de quoi serait-il le témoin voire le participant ? Il ne le savait pas. Il était assis sans un mot, la main posée sur la table, sa cigarette tremblait légèrement entre ses doigts ; la tension montait, son inquiétude naissante s'était transformée en une angoisse qui lui brûlait la poitrine, les sens en éveil, il recueillait les impressions, saisissait les signes bien qu'il n'eût guère été capable de les expliciter. Que pourrait-il faire ? Il jeta un regard circulaire et fut bien obligé de constater que tout semblait se liguer contre lui, de mesurer l'intrication peut-être involontaire mais cruellement précise de ces circonstances qui se retournaient contre lui. Il apparaissait qu'il lui était impossible d'empêcher quoi que ce fût, de stopper un processus dont le développement croissant contenait une menace évidente de catastrophe, ou au moins d'en structurer les corrélations à tête reposée.

Juste devant leur loge, seul îlot encore stable au milieu de la foule tourbillonnante, se trouvait un arrêt d'autobus ; les véhicules se suivaient pour ainsi dire à la trace et repartaient aussitôt. A travers leurs portières ouvertes, ils recrachaient puis aspiraient précipitamment des bouffées humaines, pareils à de gigantesques animaux accomplissant leur métabolisme. Les gens qui se pressaient vers l'extérieur se retrouvaient face à ceux qui s'efforçaient de monter, puis se répandaient sur le trottoir, gonflant encore la crue puissante et de plus en plus irrésistible des passants. Les gens et les véhicules déferlaient sans cesse ; chaque embouchure de la place ressemblait à un tonneau sans fond dont la tempête déversait l'intarissable contenu ; oui, comme entassé par des ordres cinglants et des claquements de fouet, tout le monde semblait s'être rassemblé sur cette place, venant des quatre coins de la ville – ou peut-être du monde ?

Son attention avait été attirée par un jeune homme ; il était debout, la hanche appuyée contre la balustrade de la terrasse, point immobile dans un océan bouillonnant d'agitation. Une moustache loufoque lui barrait le visage ; ses cheveux retombaient en boucles abondantes sur ses épaules ; sa petite barbe soyeuse et inspirée lui donnait l'air d'un saint, sa veste à lisière de fourrure, celui d'un passionné de mode. Il levait justement la main pour l'arranger, remettre quelque chose en place. C'était peut-être ce geste qui avait attiré l'attention de l'envoyé ; cette main effilée, nerveuse, toujours en mouvement, qui pourtant à cet instant s'était immobilisée distraitement sur sa poitrine, le majeur replié. L'envoyé fut saisi d'une impression étrange, d'une espèce d'incertitude concernant le temps et sa propre existence, d'une sorte de déjà-vu : il avait effectivement déjà vu quelque part ce geste, ce visage, ce jeune homme, si ce n'était dans la réalité, alors peut-être dans un film, sur une photo, éventuellement dans un tableau. Et il ne savait pas à la suite de quelles associations d'idées, mais ses propres paroles lui revinrent à l'esprit, celles sur lesquelles il était tombé une heure auparavant comme s'il les avait vues imprimées ; elles lui rappelèrent un nom, puis un autre, celui de l'artiste qui dans la nuit des temps avait erré dans les environs et témoigné de tout ce qu'il avait vu par une série de gravures…

Soudain l'angoisse l'étreignit, il crut perdre l'homme de vue dans le tourbillon des gestes et des mouvements ; mais non, il se tenait toujours au même endroit, il regardait la rue appuyé contre la balustrade, puis il tourna son visage, c'était le visage d'Albrecht Dürer jeune – sous les yeux de l'envoyé, une peinture s'animait et en même temps, le peintre lui-même, plus précisément son autoportrait, dans le cadre d'un col de fourrure : était-ce une hallucination ou seulement un hasard aveugle ? D'où sortait cet homme ? Il ne l'avait pas vu arriver et pourtant, à cet instant, il se tenait tout près de lui, avec une assurance muette qui produisait l'impression que ce poste de garde était en quelque sorte son domicile éternel au milieu de cette agitation.

Que regardait-il ? On ne pouvait guère le deviner dans l'expression ténébreuse et énigmatique de ces yeux irréguliers qui avaient déjà sans doute repéré quelqu'un mais continuaient à observer les gens avec une persévérance mélancolique digne d'un artiste ou d'un pickpocket. L'envoyé le quitta des yeux pour suivre la direction de ce regard qui ne regardait rien mais voyait néanmoins tout : et soudain, tout prit un sens, les scènes qui se succédaient à un rythme saccadé se chargèrent de signification. Il vit, de même que le matin, il avait vu la ville.

La place s'élargit, son centre s'affaissa, ses perspectives s'effondrèrent, les hauteurs qu'il avait gravies le matin, et dont encore un instant auparavant la ligne bleue se dessinait au loin, semblaient désormais se dresser au bout de la place. Le ciel s'ouvrit dans une cascade de réfractions d'éclairs aveuglants, dans le déluge d'étincelles et de feu du soleil implacable – que des milliers d'objets métalliques, chromés, de vitres et de tuiles amplifiaient jusqu'à la furie –, il était prêt à s'effondrer. Les coups de cor exprimaient-ils encore les gémissements des autos dans les sept coins de la place, ou étaient-ce déjà les trompettes du *dies irae* ? En face, la fontaine, pareille à une énorme mamelle que deux mains impitoyables auraient modelée en un volcan en éruption, vomissait son contenu trouble au milieu de râles, de sifflements et de spasmes incontrôlables : ce n'était plus une place mais une vallée de larmes. Sur la terrasse, plusieurs personnes saisies d'épouvante s'étaient levées pour mieux voir l'horreur : dans l'embouteillage de l'heure de pointe, tout craquait et tournoyait en une ronde indiciblement mouvementée. La rue ressemblait à un fleuve où tout s'était arrêté, entassé, où chaque bateau avait une voie d'eau et à bord, tous luttaient pour l'air, pour l'existence ; deux bras levés au ciel sortant d'une voiture ouverte s'élevaient au milieu des débris dérivant dans l'écume des vagues, pareils aux derniers signes faits dans une barque en train de sombrer.

Sur la terre ferme – le trottoir – la situation était encore plus pénible. Dans ce brouhaha débordant, sous un soleil qui les brûlait rageusement, les gens se mêlaient, se heurtaient, trébuchaient et recherchaient désespérément un appui. Le maelström faisait apparaître et disparaître de ces visages ! Tous étaient pris dans le tourbillon : gros, maigres, brisés, remplis d'espoir, confiants et marqués par leur destin, fonceurs sournois comptant s'en sortir. Mais la fureur les rendait tous pareils ; que pouvaient encore signifier leurs différences d'âge, de destin, de vue et de passion ? Le destin commun qui rassemblait toutes les vies les unissait dans l'encombrement de ce combat commun ; il ne supportait rien hormis la passion commune de l'instant ; et il faisait taire et balayait tout sentiment de leur être individuel prêt à s'échapper, à s'enfuir, pareil aux ordres inflexibles des tyrans tout-puissants ou à la volonté maniaque des grands artistes d'assujettir leurs fresques à une seule idée, sans oublier le moindre détail dans la folie lucide de l'exercice de leur pouvoir…

Oui : chaque visage ne disait, ne clamait, n'exigeait, ne demandait qu'une seule chose, ne répétait qu'un seul verbe : "Sortir d'ici !" Voilà ce que disait ce vieil homme chauve qui avait encore juste assez de force pour baisser les yeux et enfouir dans ses mains son visage altéré par l'horreur ; de même que cette mère à l'apparence traquée qui – espérant quelle clémence ? – farfouillait dans les vêtements de son enfant pour lui découvrir le corps ; et aussi ce petit enfant qu'une terreur inconcevable avait fait vieillir avant l'âge et qui faisait son petit besoin dans le caniveau, la bouche tordue, poussant des cris stridents. Qui pouvait s'occuper de soi-même ? Et où étaient ceux qui ne s'occupaient pas seulement d'eux-mêmes ? Fatigués et l'échine courbée ; se répandant en malédictions ; résignés, acceptant la fatalité aveugle ; tenant bon, avalant coups de poing, coups de pied, avec une sorte de sage prévoyance, une sorte d'habitude amère ; entraînés ou poussant les autres, trébuchant dessus ou les écrasant : tous ne faisaient que servir la loi du tourbillon. Certains sombraient dans l'orgie de la passion commune, comme le montrait une tête de femme semblant détachée de son corps sur son cou tordu : son visage bosselé, sa bouche bée étaient ceux d'un damné, ses cheveux flamboyants étaient comme un cri, dans son regard vide, hébété, on ne pouvait plus distinguer souffrance et plaisir dément de la perdition.

Mais que se passait-il là-bas ? Une femme avançait d'un pas chaloupé dans la multitude qui s'écartait sur son passage ; durant un instant, tout s'arrêta et toute hâte tomba dans l'oubli : la foule rendait-elle hommage à une reine ? Les regards convergeaient vers elle ; des regards qui espéraient le salut, le soulagement ou au moins le repos éphémère d'une consolation inattendue dans cette course dévorante ; des regards qui la voulaient tous pour eux-mêmes et qui finissaient par se rencontrer dans cet espoir commun, dans l'espoir commun de posséder en commun cet objet commun. Tous se retournaient sur son passage : hommes, vieillards, jeunes gens, maris au bras de leurs femmes, les épouses elles-mêmes ; pénitente envoûtante, elle avançait sous le feu croisé des désirs, des rêves, des passions, des curiosités cachés et des exigences manifestes, elle semblait se sentir bien au centre de ces sentiments où, à côté de celles des hommes, la jalousie, l'admiration ou l'irritation impuissante du regard des femmes jetaient des étincelles farouches autour d'elle. Ses pas la portaient avec une assurance inconsciente, comme si elle ne savait pas où elle allait ; son sourire figé s'adressait à tous et à personne, sauf peut-être à elle-même ; et elle ne tendait vers eux que sa main droite qui tenait un cornet de glace décoré de fruits, semblable à un calice richement ciselé, avec l'élan dément de la charité – mais peut-être ne le faisait-elle que pour ne pas tacher sa robe.

Elle était belle en marchant ainsi, avec en arrière-plan le brasier du soleil qui ensanglantait les fenêtres du dernier étage d'un immeuble rappelant l'incendie de Babylone. Elle différait un peu du type habituel de l'endroit : mince, svelte, le front pur, les yeux noirs, la ligne noble du nez ; sa robe d'été colorée, de coupe singulière, tombait jusque par terre, alors que ses épaules et ses avant-bras étaient découverts ; elle avait au cou, aux poignets et aux doigts des bagues, des colliers, des anneaux et des bracelets ; elle portait sur la tête une espèce de chapeau, ou plutôt de couvre-chef que les personnes intéressées pouvaient voir dans les pages des dernières revues de mode italiennes, ou peut-être vénitiennes.

Elle était belle, vraiment : et pourtant, il y avait en elle quelque chose de déchiré. Un effort désespéré dans son rayonnement ; quelque chose de lunatique dans son assurance ; de relâché dans sa beauté ; un trait caché qui tendait déjà vers la laideur et menaçait à chaque instant de se révéler pour, dans un spasme soudain, s'imposer à tout son visage.

Qui donc était cette femme ? Une sorcière ? Un esprit pervers ? Où avait-il déjà vu son visage ? Au premier plan d'un écran, sur une image pieuse ou une couverture de revue pornographique ? Etait-elle réellement perverse ou, au contraire, pervertie : qui dirait le secret de cette femme ? Elle était là sans y être ; elle semblait s'offrir et restait insaisissable, pareille à la friandise glacée qu'elle tenait dans sa main, qui se transforme en eau sucrée dès que des lèvres vivantes la touchent : tout sur elle était faux et seule cette fausseté était vraie. Oui, c'était parfaitement clair – qui avait des yeux voyait les corrélations : ils l'avaient pervertie pour pouvoir la dire perverse ; ils l'avaient pervertie pour qu'elle les pervertisse à leur tour. Le moment où elle traversait la foule admirative et envoûtée par sa passion autoflagellatrice devenait une légende et ce triomphe trompeur devenait son erreur. Ils avaient fait d'elle un mythe et elle était la proie de ce mythe ; elle se prenait pour un conquérant alors qu'elle n'était qu'une victime crédule ; elle se croyait le destin, alors qu'elle n'était que la curée, flirtait avec la liberté et couchait avec la tyrannie.

Tout est accompli ; elle disparaît comme une vision ; et aussitôt les passions débordent, plus sauvages que jamais. Les sacs, les cannes, les parapluies se retournent les uns contre les autres, la haine se peint sur le visage des vainqueurs qui sabrent et sur celui des vaincus qui mordent la poussière, ce n'est partout que persécution, acharnement, traque, comme si les halètements incessants des monstres qui galopent au-dessus de leurs têtes leur déchiraient les oreilles et attisaient jusqu'à la furie leur colère aveugle. Un homme traverse la rue au pas de course ; il court pour attraper son autobus. Il le rate, les feux tricolores ont déjoué ses plans ; sur la chaussée à quatre voies, quatre autos se précipitent vers lui, se dépassent, foncent en diagonale. L'une – ruine délabrée à la peinture écaillée, pareille à un squelette – est occupée par un vieil homme barbu au visage desséché qui se penche à l'extérieur, les pupilles fixes et dilatées remplies d'horreur, un rictus dément aux lèvres ; la deuxième, par un homme à la chevelure de gorgone portant sur son visage glabre la férocité de la vitesse et la douleur de l'inéluctable ; de la troisième dépasse seulement un avant-bras qui brandit son poing fermé et menaçant où ne manque qu'un sabre ; dans la quatrième, c'est encore un barbu avec sur le capot en bélier de sa voiture, reflétant la splendeur cruelle du ciel rayonnant, un ornement particulier : une flèche prête à être tirée par un arc bandé.

L'homme traqué se retourne, lève sa main gauche d'un geste désespéré – d'interdiction ? de prière ? – puis continue sa course, cerné et pourchassé par ces furies, jusqu'à ce qu'ils disparaissent tous derrière le corps monstrueux de l'autobus crachant des fumées noires… Et là-bas ? Quelqu'un est tombé ? On vient à son secours ? Plusieurs personnes se précipitent vers le malheureux, et dans cette mêlée, des visages tordus de douleur, des nez avides d'air, des bouches ouvertes se tournent vers le ciel du haut duquel semble fondre sur eux avec un cri déchirant un avion au nez de vautour qui s'apprête à atterrir : "Vééé !" ; et c'est comme si le vacarme d'ici-bas se fondait en un seul cri sourd, en une plainte unanime : Oh ! malheur à ceux qui vivent sur la terre…

Ces mots étaient apparus puis avaient disparu si soudainement que, sur le coup, il ne savait pas s'il les avait lus ou entendus. Il les avait lus, naturellement, mais il lui semblait les avoir également entendus. Il se tourna vers sa femme : elle paraissait n'avoir rien remarqué et restait tranquillement assise au milieu de la sentence de mort qui tombait autour d'elle. Elle tenait la tête légèrement penchée en arrière, les yeux mi-clos, et le soleil qui, dans sa descente vers l'ouest, atteignait déjà la terrasse, inondait son visage de la lumière adoucie du crépuscule naissant ; c'est alors que l'envoyé se rendit compte qu'il voyait l'image de sa femme en étant sous l'empire d'une autre image. Peu importe, cela ne changeait rien à la vérité du moment, or celle-ci, pensa l'envoyé, se limitait peut-être au fait que son épouse ne voyait pas la même chose que lui. Il ne pouvait y avoir aucun doute quant à ses pensées : son sourire ravi était comme une réponse intime au soleil, sur son visage se dessinait l'insouciance implacable des baigneurs et la promesse stimulante des mers paisibles – et l'envoyé fut soudain saisi d'une amertume fugace, comme s'il était lassé par le poids des démentis qui pesaient sur lui. Son regard reconnaissant chercha l'inconnu qui l'avait aidé à voir, mais il ne le trouva ni à sa place précédente ni dans la foule. Derrière la balustrade, tout continuait comme avant, aveuglément, irrésistiblement ; chacun vaquait à ses occupations et à ses seules occupations, supportant et pratiquant cette horreur quotidienne avec l'indifférence de l'habitude et l'empressement suicidaire de l'automystification. Oui : son savoir était vain, sa vérité impartageable.

Il fit signe au serveur de lui apporter l'addition et, effleurant délicatement le bras de sa femme, il lui rappela que s'ils comptaient sur Hermann et sa voiture pour rentrer il était temps de se mettre en route.

VENGEANCES.
CONFRONTATIONS. RÉVÉLATION.
RÈGLEMENT DE COMPTE

L'inspection du lendemain appelait l'envoyé dans un lieu plus éloigné ; il se leva de fort bonne heure – comme sa femme dormait encore, il griffonna un bref message qu'il posa à un endroit évident, de sorte qu'elle le vît dès qu'elle se réveillerait –, prit un solide petit-déjeuner dans le restaurant de l'hôtel et, une demi-heure plus tard, il marchait déjà en direction de la gare. Il devait se rendre à Z., mais personne ne put lui dire clairement s'il s'agissait d'une ville ou d'un village, même les cheminots durent consulter la carte du réseau pour le renseigner et lui vendre un billet. Il pouvait arriver jusqu'au grand nœud ferroviaire de la région avec le train express ; le trajet durait cinquante-quatre minutes ; ensuite, il devait continuer en omnibus. Il perdrait quarante minutes en attendant la correspondance – il en fut contrarié ; il devait profiter de chaque instant de cette dernière journée consacrée à ses obligations, avant de partir vers la mer avec sa femme ; plus fâcheux encore était le fait que durant cette attente généreusement estimée il chercha en vain la voie indiquée : il n'y avait nulle trace de train.

Après s'être énervé dix minutes en silence, il finit par attraper un cheminot ; il apprit que le train avait du retard ; voulant le placer devant ses responsabilités, il n'eut pour toute réponse qu'un haussement d'épaules : cela arrivait tous les jours, le train venait de loin et allait loin, il devait être content si le retard ne dépassait pas les quarante-cinq minutes avec lesquelles en tout cas il fallait compter dans l'état actuel des choses.

Le train finit par arriver avec une heure pile de retard et durant le trajet, au lieu de le rattraper, il s'efforça au contraire de l'aggraver sensiblement – par exemple, il resta arrêté pendant douze minutes et demie dans une gare de campagne minable à attendre on ne savait quoi. Quand l'envoyé crut enfin avoir touché au but et qu'il fut sorti au grand air de la gare de Z. – qui au demeurant lui paraissait assez suspecte –, il regarda autour de lui, désagréablement surpris : où étaient la place poussiéreuse avec ses arbres chétifs et rabougris, où était la route dégagée qui invitait aux pèlerinages à pied sous ce ciel par ailleurs dur, scintillant avec l'implacabilité appropriée ? Au lieu de cela, il voyait une ruelle tortueuse bordée de maisons campagnardes, et toutes les perspectives qui s'ouvraient devant lui débouchaient dans d'autres rues similaires.

Il revint à la gare pour demander des explications ; au guichet de service, il eut bien du mal à se faire comprendre : il expliqua qu'il cherchait une usine, qu'elle devait se trouver quelque part. Derrière la vitre était assise une jeune fille, vraisemblablement ingénue, qui ne se doutait de rien, avec son visage de chérubin et ses cheveux blonds qui dépassaient sous son képi de cheminot : le comprendrait-elle enfin ? Ou bien son aventure se terminait-elle ici, entre ces lèvres roses et ces dents blanches bien que déjà réparées ou remplacées par endroits avec de l'or à bon marché qui, avec le sourire patient d'une mère mâchant quelque chose pour son bébé, lui serinait toujours le même mot : "Hut-hi-é-vé-è-kè" ? "Bé-Ha-Bé-A-Gué", répondait l'envoyé. "Hut-hi-é-vé-è-kè", répétait-elle encore et encore.

Finalement, alors qu'il allait perdre espoir, il eut un éclair et comprit qu'ils parlaient objectivement de la même chose, seule l'idée qu'ils en avaient était différente ; il apprit alors qu'il devait reprendre le train – la fille sortit le bras par l'ouverture en dessous de la vitre et, en l'invitant du doigt à se dépêcher, lui montra sur le quai exté rieur un omnibus minable sur le point de partir : il courut à en perdre haleine et réussit de justesse à monter sur la marche de la dernière voiture.

Il fut cahoté pendant vingt-sept minutes ; l'endroit où il finit par arriver était-il le terminus ou bien le bout du monde ? La voie s'interrompait entre des champs nus et des terres brûlées ; tout au bout, les disques de fer du butoir solitaire semblaient rougis dans la fournaise du soleil ; devant, dans le lointain, l'ombre de lourds nuages de fumée pesait sur le paysage désert. Autour de lui, les voyageurs – qui avaient l'air d'être des paysans et des ouvriers – disparurent soudain, tous en même temps et en silence, comme s'ils avaient été happés par quelque chose ; et il ne restait qu'une cabine de bois délabrée et une grosse employée, avec son petit drapeau rouge à la main.

A tout hasard, l'envoyé lui demanda s'il y avait un train dans l'autre sens. Oui, répondit-elle, l'omnibus repartait une heure et demie plus tard. C'était trop court, protesta-t-il, il lui fallait plus de temps. L'employée parut réfléchir : il y avait, dit-elle, une usine dans les environs ; l'envoyé dit en avoir entendu parler ; eh bien, dit-elle, à une heure donnée, en début d'après-midi, un autocar partait de l'entrée principale.

“Comment ? fit l'envoyé abasourdi, il y a donc un autocar ?

— Pourquoi pas ?” s'étonna à son tour l'employée. Les horaires étaient calculés de manière qu'il fît la correspondance avec l'omnibus de Z. ; celui-ci le ramènerait au nœud ferroviaire où il pourrait reprendre le train express. L'envoyé regarda sa montre : il constata que la journée qu'il voulait consacrer tout entière à son travail se réduisait, à cause du système impitoyable du temps, de l'espace et des rencontres, à quelques heures au maximum.

Mais au moins était-il là où il devait être ? Il regarda autour de lui : non, ce paysage plat et désert au bout du monde, qui méritait à peine le nom de paysage, cette campagne perdue dans laquelle il était descendu du haut de la chaîne de montagnes qu'on devinait plus qu'on ne voyait dans le lointain, comme au fond d'un puits, ne laissaient aucun doute. Ces champs mélancoliques et ces piètres labours que la lumière presque grinçante dénudait jusqu'à leur sèche quintessence ; ces mottes noueuses sur lesquelles des espèces de courges ou de raves étalaient à leur grande honte des racines difformes et des tubercules boursouflés ; cette conduite qui arrivait jusque-là, répandant tout autour sur le sol pollué la lymphe grasse et noire des déchets : ils sont tous à leur place. Voici la route ; et un peu plus loin, entourés de nuages de fumée d'où dépassaient des cheminées menaçantes, de terribles tours de refroidissement et des grues décharnées pointées vers le ciel, prêtes à poignarder, se trouvaient la cause et l'agent de tout : le grand Baal, le monstre ; oui, avec la multitude de ses installations qui chauffaient, réfrigéraient, aspiraient, recrachaient, mélangeaient, désagrégeaient, recueillaient et évacuaient : c'était le monstre, l'insatiable Moloch, l'usine.

Pas d'hésitation : il s'engagea sur la route. Il n'avait pas de plan établi, il s'en remettait entièrement à l'instant, au hasard, pour ainsi dire à l'inspiration. Et il se demanda en s'arrêtant brusquement après quelques pas s'il n'avait pas eu raison. Il y avait là une bifurcation, comme il se devait ; un piquet en fer fiché dans le sol portait un panneau indiquant la direction et le nom de l'endroit : cette concordance était admirable – ou n'était-ce qu'une négligence ? Voilà qui n'était pas vraisemblable ; cela confirmait plutôt ses prévisions : dans cette région industrielle, tout était mesuré avec une telle parcimonie qu'aucune modification n'eût été possible sans remettre en cause ce sévère utilitarisme ; et nulle ambition de changement, nulle astuce nécessaire n'était à même de se mesurer au risque de bouleverser l'ordre des choses – de ce point de vue, il pouvait se souhaiter bonne chance, son calcul s'avérait incontestablement juste.

Il poursuivit sa route ; il avançait d'un pas ferme, le regard fixé sur son but ; il marchait ainsi depuis une dizaine de minutes quand soudain il entendit des voix. Le colosse avait parlé, pas de doute ; sa voix venait des profondeurs, en quelque sorte de son estomac : trois ou quatre râles lourds, pareils aux halètements des chiens de l'enfer. Pendant un instant, l'envoyé resta figé par l'étonnement de cette salutation inattendue : le colosse l'avait-il reconnu ? Le mettait-il en garde ou l'appelait-il ? En se remettant en route, il se dit que le vent avait donc tourné, le monstre n'avait plus de pouvoir sur lui ; au contraire, il devrait bientôt servir ses objectifs.

Mais comment le soumettre à son autorité ? L'envoyé fut pris d'une volonté d'agir incohérente : indiscutablement, cette route, ce paysage et cette charogne impuissante lui appartenaient ; les choses n'attendaient que sa venue ; esclaves de sa volonté, il pouvait les créer ou les annihiler ; les précipiter dans la misère informe de l'inexistence ou leur donner une existence à partir de la sienne pour, les ayant sauvés de leur matérialité anonyme, les appeler à la vie : cela dépendait uniquement de sa volonté et de ses facultés. Un peu plus loin se trouvait un portail ; ce n'était pas le bon, mais peu importe : peut-être avait-il eu tort de ne pas préparer sa venue, car alors il aurait pu pénétrer plus profondément dans ce cadavre pestilentiel, explorer ses entrailles insatiables, fouiller ses viscères, et, à un moment inattendu, la douleur de l'effort aurait fait scintiller la clarté de la conscience, jetant sur cette rencontre impitoyable la lumière d'une indéniable certitude.

Mais il pouvait essayer d'entrer de toute façon ; laissant passer une voiture, l'envoyé s'immobilisa au bord de la route, songeur, pour évaluer les différentes possibilités qui s'offraient à lui. Ne serait-il pas arrêté dès l'entrée ? Il lui faudrait probablement demander une autorisation ; dans son domaine, l'industrie exerce une autorité particulière ; il devrait affronter des difficultés, se perdre en négociations, s'entendre avec des étrangers, se justifier. Et qu'il rencontrât des bonnes volontés ou des chicaneries tatillonnes, ne devrait-il pas de toute manière se livrer aux autres, s'empêtrer dans un tissu de réglementations, d'attentes, d'aventures imprévisibles, d'objectifs et de soucis extérieurs à son travail, sans parler du temps perdu ?

Il ne restait donc pas d'autre solution que de contourner l'usine par l'extérieur. Faire le tour ? – voilà en tout cas une entreprise qui lui prendrait tout son temps, or le temps – l'émissaire regarda sa montre – commençait déjà à être court. En revanche, il n'était pas nécessaire de faire tout le tour ; les différents côtés de l'usine n'étaient pas d'égale importance ; en fin de compte, il pouvait se contenter de celui qui longeait la route nationale.

En avant ; le temps passait : l'envoyé se mit en route. L'usine n'était pas ceinte d'un grillage, mais d'un mur ; outre les tours, les cheminées et les constructions qui dépassaient, il était impossible de voir quoi que ce fût. Pas grave : ne voyait-il pas sans les voir tous les coins et recoins, les labyrinthes, les rails, les panneaux délimitant les fumoirs, les interdictions strictes, les modestes autorisations, les câbles enterrés et les tuyaux qui serpentaient dans les airs ? Ses odeurs, ne fût-ce qu'elles, la trahissaient : la puanteur nauséabonde de certains produits chimiques avait un effet révélateur ; ce mélange particulier de goudron et de planches de bois vert témoignait de la présence de tours de refroidissement – leurs corniches intérieures n'étaient-elles pas faites de ces planches que l'on hissait sur des cordes à des hauteurs de plus en plus dangereuses, par-dessus des liquides qui clapotaient, bouillonnaient et fumaient à des profondeurs vertigineuses ? Elle avait beau s'entourer de murs, se retrancher derrière ses remparts, avec ses fournaises qui crachaient le soufre au fin fond de ses cercles grondants : elle ne pouvait garder aucun secret aux yeux de son seigneur et maître.

Il y avait toutefois quelque chose de gênant ; il fallut à l'envoyé un certain temps pour comprendre la nature et la qualité de cette gêne, pour déterminer ce qui la causait : la rumeur affairée qui filtrait par le mur, l'agitation audible des choses, des objets et des êtres invisibles qui les actionnaient, les bruits. Le ronronnement des machines ; les chocs des butoirs des wagons ; le fracas des chargements qui s'y déversaient ; les cris qui retentissaient de temps en temps ; le bourdonnement des lignes à haute tension ; le halètement des fours qui faisaient rougeoyer les visages penchés vers leurs langues de feu ; l'activité fébrile, le va-et-vient, la vibration du sol, le tremblement de l'air transformaient les bâtiments et les laboratoires en une véritable ruche. Il était donc évident que l'usine était en activité, qu'on y travaillait ; comme s'il n'était pas là, se dit l'envoyé en hochant la tête.

Il marcha pendant trente-quatre minutes sur la route sans pouvoir faire état de quelque résultat que ce fût – mises à part, bien sûr, ces quelques observations indubitablement utiles. Le soleil rouge qui perçait les fumées immobiles était déjà haut, la chaleur devenait insupportable ; l'envoyé devait souvent s'éponger le visage ; par moments, il était secoué par des quintes de toux suffocantes. Des camions à la gueule menaçante, trapus, tachés et gangrenés par leurs chargements crasseux, les bêtes fauves de l'usine, emportaient dans une course hurlante leur cargaison dans un sens ou dans l'autre. Oui : ils accomplissaient leur travail avec une sérénité désinvolte et imperturbable, comme s'il n'était pas là.

Il arrivait petit à petit au bout de cette étape de sa route ; un peu plus loin, le mur se terminait et repartait à angle droit dans une autre direction : que pouvait-il encore attendre de ces quelques pas ? Bon gré mal gré, l'envoyé admit avoir essuyé un échec ; malgré toutes ces preuves matérielles irréfutables, il n'arrivait à rien avec toutes ces choses. Il se demandait pourquoi. Alors qu'il y avait là tout ce qui devait y être ; alors que le lieu pouvait lui révéler l'acte même ; alors que tous les détails se recoupaient et concordaient parfaitement : qu'est-ce qui l'empêchait de s'y plonger sans retenue ? Comment était-il possible que la veille, n'ayant rien trouvé, luttant avec les faux lieux et ne pouvant leur opposer que l'absence et l'esprit de leurs vraies formes et substances, il était pour ainsi dire arrivé plus loin que ce jour-ci, où il avait tout retrouvé à sa place ?! Sa défaite de la veille était-elle son triomphe, et son triomphe présent serait-il sa défaite ? Il regarda de nouveau le monde matériel ; et il se passa la même chose que la veille, en ville, avant son bref triomphe : il sentit que son regard glissait, se perdait et se brisait contre la surface des choses, que ses forces s'y heurtaient ; en vérité, il était bien obligé de reconnaître qu'il ne pouvait rien en faire. Il poursuivrait sa route, mais les choses resteraient sur place ; elles resteraient là pour toujours, massives, elles ne connaîtraient jamais le salut ; leurs formes resteraient là, leur matière et leur odeur resteraient là, jamais questionnées, les choses ne rendraient jamais de compte.

Et voilà, c'était ainsi : mais si c'était là une nouvelle vérité ? Ne la voyait-il pas clairement, ne la connaissait-il pas parfaitement, comme à un certain âge et après certaines expériences on connaît déjà par cœur tous les lieux communs ? Ne s'y était-il pas attendu en décidant de faire ce voyage ? N'était-il pas venu pour combattre et vaincre cette vérité triviale et insupportable ?... Et sinon, pourquoi alors ? Seulement pour se convaincre de sa propre existence ?

L'envoyé s'arrêta soudain, frappé d'étonnement : il avait découvert cette vérité en marchant sur la route, pareil au pèlerin qui trouve un fruit tombé à terre ; et comme si son jus fermenté lui était monté à la tête, il fut pris d'un léger vertige. C'était donc cela qu'il cherchait ? Il voulait avoir un témoignage ferme de son existence douteuse ? Oui – et ce fait se dressait devant lui avec une clarté aride, comme cette vaste étendue et cette route infinie dans la lumière dure du soleil – voilà ce qu'il voulait : éblouir par sa présence, clamer sa supériorité, célébrer le triomphe de l'existence face à ces choses muettes et impuissantes ; et sa déception immotivée était due au fait que son invitation à la fête était restée sans réponse. Toutes ces choses se taisaient ; comme des étrangers taciturnes, entiers et se suffisant à eux-mêmes, elles ne confirmeraient pas son existence. Il devait en chercher les preuves dans le hasard ou en lui-même ; l'accepter ou la refuser ; comme toujours, c'était parfaitement indifférent à cet endroit impitoyable et à ces choses obstinément différentes. Il attendit en vain une réponse de leur part : elles ne le rejetaient ni ne l'accueillaient ; elles étaient tout simplement différentes. Il ne pourrait jamais faire un avec elles et ne pourrait y lire que cette déchirure : comparées à lui, elles étaient étrangères, mais lui comparé à elles : il était superflu.

Il poursuivit sa route d'un pas hésitant ; il n'avait nul besoin de se dépêcher : pouvait-il encore se réclamer de sa mission, son mandat était-il encore valable ? A l'endroit où le mur se terminait, et où l'usine ne longeait plus la route, mais de vastes champs, prenait naissance une ligne jaune, une sorte de sentier : oui, le chemin de sable. Il était un peu étroit : il aurait dû être plus large, beaucoup plus large ; c'était pourtant celui-là, pas de doute, constata le voyageur. Un jeune homme passa à vélo ; il toucha du doigt la visière de sa casquette en guise de salut :

"B'jour", dit-il en le regardant d'un air curieux : il devait le prendre pour un étranger.

"B'jour", répondit-il ; et n'était-il pas effectivement un étranger ?

Indécis, il regarda le chemin sablonneux, puis tourna les yeux vers la route : un peu plus loin – en partant de là, avec l'usine derrière son dos –, du côté gauche de la route, il devrait trouver un carré de terre découpé dans le champ, peut-être encore clôturé, qui sait ? La curiosité s'empara de lui ; il lui restait encore un peu de temps ; au bout de quinze minutes de marche, il arriva au carré de terre délimité par une palissade.

Le large portail était grand ouvert ; qu'était-ce : la cour d'une ferme ? Les sabots des animaux, les roues des charrettes et des machines agricoles avaient creusé leurs traces dans la terre argileuse ; ici, une grange ; là-bas, derrière – libérant une perspective sur les champs –, s'étendaient en guise de palissade des rondins et des poutres grossièrement assemblés, un enclos à bétail ; de temps en temps, l'une ou l'autre bête attachée à un piquet poussait un mugissement plaintif, un son de cor mélancolique dans l'immensité du paysage.

Un homme apparut : eh bien, que voulait-il ? Il était d'âge moyen, d'apparence paysanne ; sans toute cette chair superflue au cou et à la taille, ce serait un fier gaillard ; ses cheveux filasse qui se raréfiaient gardaient encore le souvenir de boucles blondes qui volent au vent ; et ces yeux affadis, celui de l'éclair soudain d'un regard bleu acier. Et en voilà un autre qui arrive, une fourche dans les mains.

“Vous cherchez quelqu'un ? demanda le premier.

— On peut faire quelque chose pour vous ? renchérit l'homme à la fourche.

— On n'a pas toujours gardé des bœufs par ici", dit-il, à moins qu'il ne le demandât ? En tout cas, les deux hommes prirent des airs graves.

"Qu'est-ce que j'en sais, moi, dit le premier. Tu peux peut-être renseigner le monsieur ? poursuivit-il en s'adressant à l'autre.

— Moi ?! s'indigna ce dernier. Comment je pourrais le savoir, alors que toi tu ne le sais pas ?!

— Nous sommes seulement des employés, expliqua le premier.

— Nous, on garde ce qu'on nous confie, dit l'autre en haussant les épaules.

— On travaille pour un maigre salaire et on fait ce qu'on attend de nous, dit le premier.

— On est des honnêtes gens !" ajouta l'homme à la fourche. Il s'approcha d'un pas ; et le premier le suivit – corps contre corps.

"Au fait, demanda-t-il, qu'est-ce qu'il veut au juste le monsieur ?"

Effectivement : que voulait-il donc ? Trois paires d'yeux s'observaient en silence. Il regarda autour de lui : la cour était déserte ; mis à part ces deux hommes, il n'y avait personne ; il finirait par leur paraître suspect. Qui sait ce qui pouvait lui arriver : ils pouvaient le jeter dehors ; ou bien le garder enfermé ; l'attacher au milieu des bœufs en attendant l'arrivée de la police. Ils le ligoteraient puis l'oublieraient ; il devrait rester là, ses pieds s'enfonceraient dans la boue et prendraient racine ; il s'enfoncerait de plus en plus, jusqu'à toucher dans les profondeurs de la terre des squelettes auxquels il se mêlerait fraternellement ; jusqu'à ce que la sérénité des fossiles se déposât sur son visage ; et ses vertèbres pétrifiées le figeraient en face de ces mottes éternelles pareilles à des cadavres, avec la ligne bleue des montagnes qu'on devinait à l'horizon, tel un espoir immobile et éternellement inaccessible.

Il eut un léger frisson :

"Rien", dit-il en souriant ; il fouilla dans sa poche, en sortit des cigarettes et tendit le paquet ouvert vers les deux hommes ; le premier le regarda avec hésitation.

"Des américaines !" s'exclama-t-il tandis que son visage s'éclairait. La résistance de l'homme à la fourche semblait plus fondée et le voyageur ne fut pas sans remarquer le léger coup de coude qu'il donna à son compagnon :

"Moi, je n'en aurai pas l'usage ; mais mon copain la fumera", ricana-t-il en tendant la main vers le paquet. Le voyageur les remercia pour leurs explications et prit congé. Et tandis qu'il franchissait le portail, il entendit derrière lui :

"Le ciel vous bénisse !

— Dieu vous garde !"

A LA GARE

Il avait perdu beaucoup de temps ; il devait se dépêcher s'il voulait attraper le dernier autocar. Il courait à en perdre haleine sur la route – il lui était pour ainsi dire impossible de jeter le moindre regard sur l'usine –, pour arriver devant l'entrée principale, il fallait encore tourner à gauche : une foule se pressait déjà autour du véhicule étincelant ! Un poste venait sans doute de se terminer ; il ne réussit à monter dans l'autocar que grâce au travail délicat de ses coudes et à la politesse distinguée des autochtones à l'égard d'une personne visiblement étrangère ; en revanche, coincé entre les voyageurs chancelants, il n'avait pas d'air. Il s'avéra de surcroît que l'autocar allait loin, bien plus loin que sa destination à lui, la gare, et, au milieu des ces villages, de ces paysages et de ces rues inconnues, il ne savait pas où il devait descendre. Il dut donc se renseigner ; les bonnes volontés ne manquèrent pas et c'est tout un chœur qui lui signala qu'il était arrivé.

La rue tortueuse lui parut familière ; mais ces maudites rues de village étaient toutes pareilles : fallait-il prendre à droite ou à gauche ? La vieille femme en foulard sombre avec des chaussures d'homme qui se dandinait lourdement dans sa direction le lui dirait peut-être.

Eh bien, à gauche : comme c'était aussi son chemin, elle lui proposa de l'accompagner.

"Vous n'êtes pas d'ici ? demanda-t-elle au bout de quelques pas.

— Non, répondit-il.

— Vous êtes venu visiter notre ville, peut-être ? s'enquit-elle.

— Oui, répondit-il.

— Z. est une belle ville, dit-elle en le regardant du coin de l'œil.

— Oui, confirma-t-il. Quoique, ajouta-t-il, à vrai dire, je suis venu pour l'usine.

— Ah, l'usine, se réjouit-elle. C'est une belle usine, dit-elle en levant les yeux vers lui.

— En effet", reconnut l'étranger. Où se portait ce regard de maquerelle, sénile et soudain tellement significatif ? Il eût été impardonnable de ne pas le suivre : l'envoyé vit quelques buissons taillés, une colline artificielle avec un pitoyable jardin japonais.

"Quel joli parc", se hâta-t-il de remarquer ; la vieille femme empocha le compliment sans vergogne – maigre salaire pour sa peine : ils étaient arrivés.

C'est alors seulement qu'il vit à quel point la gare était minable, négligée, délabrée ! Quelques personnes attendaient déjà sur le quai, sûrement des gens du bourg ou des environs ; ils dévisageaient l'étranger de leur regard indolent ; évidemment, le train avait du retard, mais pas beaucoup, assurait-on. Dans ce cas, il se serait bien mis quelque chose sous la dent, mais ne trouva rien ; il y avait un infirme qui ne vendait que des journaux, alors il en acheta un. Il s'assit sur un banc le long de la voie et le feuilleta distraitement ; soudain, son regard s'arrêta sur un entrefilet à l'une des dernières pages. Dans une chambre de l'hôtel central de la capitale régionale, lisait-il, le corps d'une femme avait été découvert ce jour même à l'aube. La femme de chambre avait remarqué que les lampes étaient restées allumées toute la nuit et encore au petit matin, comme l'indiquait la lumière qui filtrait par l'embrasure de la porte. Elle avait frappé et, n'obtenant pas de réponse, elle avait aussitôt alerté les autorités compétentes. Ils avaient défoncé la porte et s'étaient retrouvés nez à nez avec la locataire, une dame seule, pendue au lustre. La malheureuse avait autour du cou une corde qu'elle avait confectionnée en entortillant son voile de crêpe – ce voile fatal que d'après le témoignage du personnel elle avait porté constamment sur son visage durant tout son séjour à l'hôtel et n'avait soulevé devant personne. L'enquête suivait son cours, même si les circonstances indiquaient clairement qu'il s'agissait d'un suicide.

L'étranger laissa tomber son journal ; discrètement, il balaya le quai du regard – puis se ravisa avec embarras : comment ?! Serait-il en train de chercher ses accusateurs ?... Il se leva puis se rassit sur son banc. Sa main farfouilla dans sa poche. Il en sortit un bloc-notes avec le stylo bille adapté ; et une minute plus tard, il s'aperçut qu'il était plongé dans l'estimation succincte des frais du voyage au bord de la mer qu'il entreprenait le lendemain.

(1975-1998)

TABLE

OUVRAGE RÉALISÉ
PAR L'ATELIER GRAPHIQUE ACTES SUD
ACHEVÉ D'IMPRIMER
EN SEPTEMBRE 2011
PAR L'IMPRIMERIE FLOCH
A MAYENNE
POUR LE COMPTE DES ÉDITIONS
ACTES SUD
LE MÉJAN
PLACE NINA-BERBEROVA
13200 ARLES

DÉPÔT LÉGAL
1re ÉDITION : MAI 2003
N° impr. : 80484
(Imprimé en France)